JN069112
今日も可愛い——
After all, I'm cute today too.
イレイナ

SCHOOL STORY
OF WANDERING WITCHES
CHARACTER
サヤ
イレイナ
「じっくりねっとり見守りますね！」
「どうも優秀な生徒です」

アムネシア
「イレイナさん、見ててね」
？？？
「イレイナ様の所有物でございます」

「大丈夫。ばれなければ問題ないから」
「これでわらわの勝利じゃ！」
ミナ
プリシラ
「美しい花は愛でるものですの」
ルシェーラ

シーラ
フラン
「あたし絶対やらないからな!!」
「なるほど……一理ありますね」

壇上の上、眩いスポットライトの中心で、
ドラムのスティックがリズムを刻みます。
私はそして歌いました。
ここにあるのは、私たちの日常。
いつもと同じようで、けれど少しだけ違う日常。

魔女の旅々 学園物語

SCHOOL STORY OF WANDERING WITCHES

CONTENTS

魔女の旅々

SCHOOL STORY
OF WANDERING WITCHES

学園物語

Shiraishi Jougi
白石定規

Illustration
necömi

第一章

新たに始まる一週間

SCHOOL STORY OF WANDERING WITCHES

週が明けた月曜日。

街の通りに美少女がおりました。

さらりと伸ばした髪は灰色、瞳は瑠璃色。顔立ちは360度どこから見ても整っており、まるで汚れ一つない美しい花のよう。

身にまとうのは紺色のブレザーとワインレッドのセーター、それから濃紺のスカート。要するに彼女は制服姿。通学中でした。

ところで話は変わりますが皆さんは『鬼に金棒』という言葉の意味をご存じでしょうか。知らない場合はお手元の辞書をひもといてみてください。そこには『制服を着たイレイナさん』という記述があるはずです。なければ書き足しておいてください。歩く彼女の姿はそれほどまでに美しく、すれ違う誰もが振り返るほどでした。

きっと性格もお淑やかでいい子なのでしょう。これだけ見た目のよい少女が腹黒いだなんてあるはずがありません。

「ふむ……」

やがて彼女は道の途中で立ち止まり、じっと目を凝らしました。

目の前にはパン屋さん。朝から営業しておられる人気店で、彼女のもとにも焼きたてのパンの甘い香りが漂っていました。

視線の先にはショーウィンドウ。ありとあらゆるパンがきらきらと輝きながら整列し、『イレイナちゃん、私を食べて！』と囁きかけてきておりました。少なくとも彼女の耳にはそんな言葉が聞こえてきた気がしました。常日頃からパンを食べ過ぎているせいで彼女の頭はちょっとアレでした。

完全無欠の彼女に唯一欠点があるとするならパンに目がないところ。

でもそういうところもお茶目で可愛いですよね。

「ふふっ……」

やがて彼女は一人、くすりと笑みをこぼします。

きっとお店に並んでいるパンが彼女に対して面白いジョークでもかましてきたのでしょう。

「やはり私は今日も可愛い――」

違いました。

ショーウィンドウに映る自分の顔を見ていただけでした。

完全無欠の彼女はパンに目がない女子高生でしたがそれよりも自分の顔が好みでした。パンを買うかどうかで悩んでいた最中に自身の顔が目に入り、それどころではなくなってしまったのです。

でもそういうところもお茶目で可愛いですよね！

などと。

依然としてパン屋の前で立ちながら表情を緩めている彼女は一体どなたでしょう？

そう、私です。

「――おはよーございます！　イレイナさん」

からん、からん、と鈴の音が私のそばで鳴り響きました。

視線を向ければそこには私と同じく紺色のブレザーを身にまとった女子高生が一人。炭のように黒いショートカット。

笑顔を咲かせる彼女は私の同級生。

よく行動を共にする友人の一人。

「サヤさん」

でした。

…………。

一体いつから店内に……？

私がガラスに向かってにやにやとしながら自惚れていた場面を見られてしまったのでしょうか。

いやいやまさか。

そんなこと、ないですよね――？

「？　どうかしましたか？　イレイナさん。なんか表情がこわばってますけど」

警戒する私の前にいるサヤさんはいつものように朗らかな表情のまま首を傾げておりました。

……この様子ならば、大丈夫でしょうか？

「サヤさん、ひょっとして今の、見ました？」

恐る恐る私は尋ねていました。

対して彼女は「はて？」と首を傾げます。

「え？　今の、って何ですか？」

はい。見られていませんね。

「ああいえ何でもないです。見ていないならいいんです」私は心の底から安堵しました。ガラスに映る自分自身にうっとりしている姿など恥ずかしくてとても他人には見せられませんし。

危うく朝から大恥をかくところでした。

一方で私のよき友人であるサヤさんはいつもの調子で私の隣に迫ると、「そんなことよりこれ見てくださいよ！　これ！」とスマートフォンを掲げます。

ニュースで見た記事やＳＮＳで拾ってきたおもしろ動画や画像などの類いを彼女はよく私に紹介してくれるのです。

「はいはい。今日は何ですか」

「裏ルートで入手した超ヤバい画像です」

「超ヤバい画像？」

何ですか？

画面をのぞき込む私。

「これ、誰だかわかりますか？」

そこに映し出されていたのはにやけた表情を浮かべながらガラスを眺める一人の美少女。

「そう、イレイナさんです」

………。

「わあほんとですね。すごーい」

私は問答無用で削除しました。

「ああああああ!!　何するんですかイレイナさん!!」

「すみません手が滑りました」

やっぱり見てたんですね。

見ていた上に画像まで撮っていたんですね。

「せっかく可愛く撮れてたのに……」

しょんぼりするサヤさん。

私は腰に手を当てつつ頬を膨らませました。

「何言ってるんですか」盗撮せずとも私は可愛いでしょうに。「盗撮は犯罪だからダメですよ、サヤさん」

「今なんか本音と建前別々に喋ってませんでしたか」

「いえ別に」何のことやら。

まあ冗談はこの辺りにしておきましょう。

私も別に常日頃から自身の顔に自惚れているわけではないのです。

単純に気分がいい時にそのような冗談を並べるだけです。今日はそんな場面を見られてしまったようですけれども。

「ていうかお店の前で何やってたんですか？　イレイナさん」

「ちょっと髪型を直してたんですよ」

「いや普通に『私は今日も可愛い』とか言ってた気が――」

「サヤさんこそ何やってるんですか、こんなところで」

都合の悪い言葉は遮る私。

彼女は「えー？」と眉根を寄せながら答えます。

「パン屋で買うものといったら一つしかないでしょう」

語るサヤさんの手にはパン屋で買ったと思しき袋が一つ。

なるほどなるほど。

「私への貢ぎ物、ですか……？」

「いや普通にぼくの昼食ですけど⁉」

「お昼ごはんがクロワッサンとソーセージパンとカレーパンとメロンパンですか？　一気に四つは
ちょっと重たくないですか」

「何で袋見ただけで中身わかるんですか……？」

「私だからです」

胸を張って見せる私でした。

ちなみにこのお店の人気メニューはクロワッサンですよ、とも教えて差し上げました。例によってしたり顔でした。

「二人とも、お店の前で何してるの？」

そして私の説明の最中、お店の扉が再び鈴の音を鳴らしました。

中から出てきたのは白髪ショートカットにカチューシャをつけた一人の女子生徒。私やサヤさんとまったく同じ制服に身を包む彼女もまた同級生。

よく行動を共にする友人の一人。

「アムネシアさん」

でした。

手を振りつつも「あなたもいたんですか」と尋ねる私。

朗らかな表情でアムネシアさんは言いました。

「うん。二人で買ってたのよ」

「私への貢ぎ物を……？」

「いや普通に昼食だけど⁉」

なんで貢ぎ物を買わなきゃいけないの……？　とたいそう戸惑っておいででした。追い討ちをかけるわけではありませんが一応、「お昼ごはんにチョコロネ一つだけですか？　少食ですね……」と買ってきたばかりの袋を見つつ心配する私。

「何で袋見ただけで中身わかるの……？」

彼女はたいそう戸惑っておいででした。

何でと言われましても私だからですとしか言いようがありませんね。

「アムネシアさん、アムネシアさん」

サヤさんが隣から彼女の肩を叩いたのはそのときのこと。

「なあに?」

首を傾げるアムネシアさん。

やれやれと肩をすくめながらサヤさんは言いました。

「そのリアクション、ぼくと丸かぶりですよ」

「だから何なの……!?」

「アムネシアさんは二人目なんですから突っ込みをもう少し工夫してほしいですね」

「わたし別に漫才をしにきたわけじゃないんだけど……?」

彼女はため息を漏らします。

私とサヤさん、それからアムネシアさんの三名は示し合わせているわけではないのですが、通学路も時間帯も概ね一緒。

お二人には妹がそれぞれいますので、時々五人になったりならなかったりしながら、私たちは平日の朝を送ります。

新たに始まるこの一週間においても同じでした。

「そろそろ行きましょうか」声をかける私。

軽く雑談を交わしながら、私たちは三人並んでいつもの道を歩み始めました。

交わり合う言葉の多くが笑い声。視線を傾ければ見慣れた顔ぶれ。背後を通り過ぎていくのは変わらぬ街並み。そこにあるのはいつもの日常。

今日は一体どんなことが起こるのでしょう？　どんな出会いがあるのでしょう？

期待に胸を膨らませながら、私たちは今日も、穏やかでほんの少しだけ騒がしい日々の中を歩むのでした。

「ところでイレイナさん、これ誰だかわかる？」

アムネシアさんが私にスマートフォンの画面を見せてきたのはちょうど校舎が見えてきた頃のことでした。

ふむふむ。

おもしろ画像か何かですか？

「どれです？」

画面をのぞき込む私。

「…………」

そこにいたのは例によってどこからどう見ても美少女そのもの。

「わあすごーい」

そして私は問答無用で画像を消しました。

「で、どれですか？」

「いや消すの早いわよ……！」

なにやらしたり顔で『私は今日も可愛い……』みたいな意味不明なことをぬかしている女子高生が一人いたような気がしましたが、一瞬だったのでよくわかりませんでしたね。

どれのことですか？

「もー。イレイナさんの可愛い画像、せっかく撮ってあげたのに」

頰を膨らませてわかりやすく拗ねてみせるアムネシアさん。

いやはやまったく。

「アムネシアさんは二人目なのですからもう少しボケを工夫してほしいです」

「だからわたし別に漫才をしにきたわけじゃないんだけど……⁉」

何はともあれ私たちは今日も穏やかな日常を歩むのです。

いつもと同じように。

第二章　取り合うふたり

『そう、私です』

ファッション誌のとあるページにて、どこか聞き覚（おぼ）えのあるセリフと共に一人の可憐（かれん）な少女がこちらに笑顔をむけておりました。

髪（かみ）は灰色（はいいろ）、瞳（ひとみ）は瑠璃色（るりいろ）。雪だるまの真横で彼女は制服姿で立っています。首元にはマフラー。脚（あし）はタイツを着用。そして驚（おどろ）くほどに可憐なお顔。ひょっとしたら天使かもしれません。

そんな彼女は一体誰でしょう？

言うまでもないですね。

そう、私です。

「イレイナさん、モデルみたいですね！」

わあ、とサヤさんが雑誌を食い入るように見ながら興奮（こうふん）しておりました。「この雑誌いくらですか？　家宝（かほう）にします」

家宝ですか。そうですか。

私は答えました。

「一億円です」

「なるほど。じゃあ一億冊買いますね！」

「何言ってんですかあなた」

「私からすれば二人とも何言ってるんですかって感じなんだけど」

横からアムネシアさんが呆れた顔で私を小突きました。

雑誌に視線を向けると彼女はそれから、

「でも、イレイナさんがファッション誌で撮影されるなんて意外かも」と目を細めます。

「そうですか？」

「撮られたりするの嫌いそうだし」

「まあそうですね」

「よく撮影許可したわね」

「私お金は好きなんですよ」

「ファッション誌に載った理由がよくわかったわ」

直前とは別の意味で目を細めるアムネシアさんでした。

おっと引かれてしまいましたか？

「まあお金がもらえる云々を抜きにしても、たまにはこういう経験をするのもいいものなのではないかと思いまして」

お金のためだけじゃないですよー、経験のためですよー、ほんとですよー、と白々しく付け足しておきました。

「でもこれ制服姿ですけど、いつ声かけられたんです？」サヤさんは依然として雑誌を食い入るように見つめながら首を傾げていました。もはや至近距離。

「先月一人で歩いてたら偶然声かけられたんですよ」

「なるほどぉ……」

ふむふむ、と頷くサヤさん。「それって確かぼくとデートしてたときでしたっけ？」

「は？」

「いやあそういえば二人で歩いてるときにイレイナさんが声かけられてた気がするなぁ」

「何言ってんですかあなた」

「そういえばこの雪だるまもぼくが作ったような気がしてきました……」

ファッション誌を見つめるサヤさんの瞳は遠い昔を懐かしむようでもあり、同時にただの妄想にふけっているようにも見えました。

見えたというかマジでただの妄想にふけってるだけなんですけど。

そしてそんな私たちのやりとりに肩をすくめるのがアムネシアさん。

「私からすれば二人とも何言ってるんですかって感じなんだけど」

「いやいやいや」

私もですか。「私は変なこと言ってないでしょうに」

「いいえ、イレイナさんはとっても変なことを今言ってるわ……」

「そうでしょうか」

「この写真を撮ったときに一緒にいたのはわたし。そうでしょ？」

「何言ってんですかあなた」

「よく考えたらわたしが雪だるま作った記憶があるわ」

急に遠い目をし始めるアムネシアさん。

「妄想にふけってる……」

お二人ともどうしちゃったんですか。

「確かぼくとイレイナさんがお二人でデートしてたときに撮られた一枚ですよね。よく覚えてます」

「サヤさん、妄想はよくないと思うの。これは確かわたしとイレイナさんが二人でおデートしてたときに撮られたものだわ」

「見苦しいですよアムネシアさん。これはぼくとイレイナさんの思い出の一枚です！」

「いやいや」

「いやいやいやいや」

お二人ともどうしちゃったんですか。

「この雪だるまはぼくが作ったものです」

「いえ、わたしが作ったものね。間違いないわ」

現場のスタッフさんが用意してくれたものですけど。

「いやー！　大変だったなー！　寒い中で雪だるま作るの、大変だったなー！　よく覚えてるなー！」

「不思議ね。わたしもよく覚えてるわ。作るのが大変で結構時間かかったもの」

いやだから用意してもらったものなんですけど？

何なんですか二人とも。ちょっと？

そうして私が「むむむ」と睨み合う二人の間でおろおろとしているときのことでした。

「お困りのようですね、イレイナさん」

ひょっこりと横から私に声をかけるものが一人。

誰かと思えばそれはアムネシアさんと同じく白い色の髪。ロングヘアで少々幼い容姿の少女。

「アヴィリアさん」

でした。アムネシアさんの妹さんですね。

「ふっふっふ。お姉ちゃんとサヤさんがなぜ言い争っているのか理解できないようですね」

「はあ。まあ急に二人そろってＩＱが著しく低下したみたいで、何があったのだろうと心配してたところですけど」

「どうして二人がこんな風になってしまったのか、ご存じですか」

ちらりと二人を眺めるアヴィリアさん。

それではここで、こんな風、の一例をご覧に入れましょう。

「よく考えたら写真撮ったのもぼくな気がしてきました」

「不思議ね。実はわたしも写真撮った気がするの。何ならこの雑誌を作ったのもわたしな気がしてきたわ」

「それは流石にうそじゃないですか」

「写真撮ったというのもうそよね」

「いえいえ」

「いえいえいえ」

　はい。

　わけがわかりませんね。

「お二人がなぜあんな風になっているのかおわかりですか」

「全然わかんないです」

「ところでイレイナさんはこんなお話をご存じですか？　冴えない男子高校生の裕二には好きな女性がいました。清美。幼い頃から近所に住んでいた同級生。小さな頃から密かに恋心を抱いていた裕二でしたが、強力なライバルがいました。学校内で王子と呼ばれ、女子からきゃーきゃー！すてきー！　と黄色い声援を浴びまくってる幸太郎くんです」

「はあ」

「二人は清美を取り合いいつも喧嘩していました。何かあるたびに清美を心から愛してるのは俺だ、いや俺だ！　清美のことをよく知っているのは俺だ、いや俺だ！　などと河原で取っ組み合いの喧嘩をすることは日常茶飯事。大体そんな感じの犬猿の仲だったのです」

「……はあ」

「二人がなぜここまで仲が悪かったのか。それは二人が同じ女性を取り合うような仲だったから

――だけではありませんでした。二人は恋のライバルであり、同時に互いのことをよく知り、自身にない魅力を持った人間として認識していたからこそ、いつも張り合っていたのです！」

「何かテンション上がってきましたねアヴィリアさん」

「少しでも手を抜けば相手にいいところを持っていかれてしまうかもしれない――そんな不安を二人はいつも互いに感じていたのです！」

「なるほど。それで？」

首を傾げる私。

アヴィリアさんはここぞとばかりにしたり顔で言いました。

「まあつまり今のお姉ちゃんとサヤさんもお互いそんな感じの心情を抱いているのでしょうという話ですね」

「まままあの長さで語ったわりには普通の話にまとまりましたね」

普通に「二人はお互いライバル視してます」だけで済んだ話では。

「ちなみにイレイナさんはこの逸話――わたしは『裕二と幸太郎の恋心』と呼んでる逸話なのですけど、ご存じでしたか」

「ご存じじゃなかったですけど」

何なら聞いたこともないんですけど。「これってどこから仕入れた話ですか？」

「わたしが今読んでる少女漫画です」

「あなたよくそれを有名な逸話みたいに話せましたね」

「裕二と幸太郎の決闘シーンはなかなか見ものでした。ど迫力でした。お互いノーガードの殴り合いでぼっこぼこになる様子は熱く込み上げるものがあったのです」

「たぶんアヴィリアさんは普通の女子とは違った楽しみ方をしてる気がするんですけど」

「ちなみに二人は最終的に河原で横に並んで空を見上げて『へへへ……』って笑いながら友情を誓い合う感じの展開で終わります」

「そうなんですか」

「それはさておきともかくイレイナさんは二人の女子に取り合いされてる仲だということです！」

「急に大声出さないでくださいよ……」

「いいご身分ですね。けっ」

「急に怒らないでくださいよ……」

ため息を返す私。できればこのままアムネシアさんとサヤさんの言い合いからも耳を塞ぎ続けたいところでしたが、二人は二人で未だに「いやいや」「いえいえ」と言い合っているので始末に負えませんね。

「イレイナさん。この『裕二と幸太郎の恋心』と呼ばれる逸話に絡めて、わたしは一つイレイナさんに言いたいことがあるのです」

「はあ……」

何ですか？

首を傾げる私の肩にぽん、と手を置いて。

そしてアヴィリアさんは言いました。

「美少女二人に取り合いされていいご身分ですね！」

「………」

「ではわたしはこれで」

がらがらがら。

ぴしゃん。

アヴィリアさんは何事もなかったかのように普通に教室から出ていってしまいました。

「いや何しに来たんですか……」

その場にぽかんと取り残されて呆れかえる私。

一方で私を取り合いしている裕二と幸太郎――ではなくアムネシアさんとサヤさんは、殴り合いこそしませんでしたが、それから耳を傾け続けること数分。少しばかり雰囲気に変化が訪れました。

「――大体、アムネシアさんもその場にいたなら、ファッション誌にアムネシアさんも載ってないとおかしいじゃないですか！　イレイナさんに負けず劣らず美人なんですから！」

「……！」はっとするアムネシアさん。「そ……そんなこと言ったら、サヤさんだって……その場にいたなら写ってないと、おかしいじゃない……」

「……！　あ、アムネシアさん……！」

「…………」

顔を赤く染めて互いによそを向く二人。

…………。

なにこれ。

「なんかまた二人ともＩＱが下がったように見受けられるんですけど」

何なんですかー？　ちょっと？

「ふっふっふ、イレイナさん」

がらがらがら。

再びアヴィリアさんが私の元へとやってきて肩を叩きます。

「振られちゃったようですね」

私は大きくため息をつきながら答えました。

「何言ってんですかあなた」

第三章　お腹が減ったら

お腹が減ったらギャルみたいになるアムネシアさん

「なんかちょーダルいんですけどー」

アムネシアさんが机に座りながらいかにも気怠そうな声をあげていました。退屈そうに足を組み、眠そうな瞳で爪をボケーっと眺めておりました。

その姿はまるでギャル！

「きゅ、急にどうしたんですかアムネシアさん⁉」

わかりやすく当惑するサヤさん。

「あーし昨日全然寝てないから超眠いんだよね」

「あ、あーし……？」

「あと昨日から全然何も食べてないんだよねー」

「そ、そうなんですか……？」

「つーわけでなんか買ってきてくんない？　サヤサヤ」

「サヤサヤ……⁉」

なんかアムネシアさんが変なことになってる！　サヤさんは助けを求めるようにこちらの方へと振り向きます。

一体アムネシアさんの身に何が起こっているのでしょう。

どうやら説明しなければなりませんね。

というわけで私は言いました。

「アムネシアさんってお腹が減るとギャルみたいになるんですよ」

「そんなばかな」

ばかなと言われましても実際なってるので仕方ないでしょう。

ね、アムネシアさん？

「うぇーい」

「なんかギャルになった途端すごいバカっぽくなりましたね」

アムネシアさんが遠い存在になっちゃった……、と白けた表情で見つめるサヤさんでした。

「ちなみにサヤサヤー？　あーし全然寝てないって言ったじゃん？　何でだと思う？」

「そんなん知るわけないじゃないっすか」

「ぶぶー！　正解は妹ちゃんと夜通しゲームやってたからでしたー！　うぇーい」なんだかよくわからないノリでサヤさんに肩でぶつかるアムネシアさん。

「なんか満員電車くらいぶつかってくるんですけど何なんですかこれ」

説明しましょう。

「アムネシアさんってギャルになると物理的な距離感が近くなるんですよ」

「そんなばかな」

などと驚く合間にもアムネシアさんは「うぇーい」とバカみたいな声を漏らしながらサヤさんにごりごりと頭突きしていました。

「これ物理的な距離が近くなる以前の問題じゃないっすか」

「私に言われましても」

などと肩をすくめる私。

そんなやりとりを交わしている合間に、アムネシアさんは標的をサヤサヤから私へと変えたようです。

「ねー。イレイレさっきから何してるん？」ことん、と私の肩に頭を預けるアムネシアさん。

え、とサヤさんが驚いた顔でこちらを見ていました。

「イレイナさんはイレイレって呼ばれてるんですか……？」

「そうみたいです」

「めちゃくちゃ語呂わる……」

それは私もそう思います。

「みてみてイレイレ。おひげ」私の髪を自分の口に添えて遊び始めるアムネシアさん。

「…………」

閉口する私。

「あれれれ？　イレイレもおひげ生やしたそうな顔してるじゃん」

「どんな顔ですか」

「仕方ないなぁ。おそろいにしてあげる」

「いや結構ですけど」

「はい。おそろい」ぺたん、と私の髪を口元にくっつけるアムネシアさん。

「耳ぶっ壊れてるんですか……？」

「いえーい！　イレイレおひげ超似合ってるじゃーん☆」

「目もぶっ壊れてるんですね」

などと突っ込む私をよそにアムネシアさんはスマートフォンで写真をぱしゃぱしゃ。

このままの調子でいつまでも絡まれたら困りますね。

サヤさんはため息を漏らしていました。

「なんか治す方法とかないんですか？」

「そんなの簡単ですよ」頷く私。

アムネシアさんはお腹が減ってるからこうもおかしくなっているわけで、空腹を解消すれば自ずと治るというものです。

ということは、つまり。

「お腹を満たせば治ります」

「そんなばかかな」

と思うじゃないですか。

「とりあえずパンを与えてみましょう」

ブレザーからパンを出す私。

「どこにパンを忍ばせてるんすかイレイナさん」

「それはさておき」

あげました。

「んふー」

「治りました」

「そんなばかな」

お腹が減ったらホストになるサヤさん

「みなさん知ってますか？　世の中には二種類の人間がいます。それはぼくか、ぼく以外です——」

黒板に背中を預けながらサヤさんが無駄にドヤ顔を浮かべておりました。こちらに向ける視線は根拠不明の自信に満ちており、端的に言うとホストみたいでした。

ちなみにどうしてホストのようだと思ったのかわかりますか？

「ぼくはホストです……」

彼女が自称しているからです。

「急にどうしたのサヤさん」呆れた表情を浮かべるアムネシアさん。

「ノー。ぼくの名前はサヤさんじゃありません」

「じゃあ何」

「ナンバーワン高校生ホスト、サヤです」

「いや名前そのままじゃない！」

「あ、違います。ナンバーワン高校生ホスト、サヤまでが名前です」

「それ名前じゃなくて肩書なんだけど」

「長いので略してサヤって呼んでください」

「結局そのままじゃないの！」

今のやりとり丸々いらなくない？　何なの？　とたいそう困惑しておられるアムネシアさん。

どうやら説明しなければならないようですね。

私は横から割って入りました。

「サヤさんってお腹が減るとホストみたいになるんですよ」

「なにそれ」

呆れるアムネシアさんの隣でサヤさんは無駄に格好つけながら「空がどうして明るいかわかりますか？　ぼくが照らしているからです――」などとぬかしていました。

じゃあサヤさんは太陽の代わりになるくらいの熱と光を放っているということですね。

ここにいる私たち全員死んでないとおかしいですね。

バカなんですか？

「わたし、ホストがよくわからないんだけどみんなあんな感じなの？」首を傾げるアムネシアさん。

「私もよくわかんないんですけど多分そうなんじゃないですか」

「ちなみにホストって何する人なの？」

説明しましょう。

「ざっくり言うとネットに接続されたＰＣとかルーターのことを指す言葉ですね」

「いやＩＴ用語の方は聞いてないから」

などと私たちが言葉を交わしていると、サヤさんが横からぬっと割り込んできました。

「ホストが何か……ですって？」

ねっとりとした口調で彼女は語ります。教えてくれるのでしょうか。

「今日も可愛いね……子猫ちゃん」

彼女もよくわからないそうです。

ホストになっても頭の中はサヤさんのままでした。

それから彼女はアムネシアさんへと狙いを定め、肩に手を回し、これまたねっとりとした口調のまま尋ねます。

「子猫ちゃん、名前は何ていうの？　教えてよ」

「……アムネシアだけど」

「そうなんだ。可愛い名前だね。アムネシ、アみゅ……アム、アみゅ……」

「………………」

「子猫ちゃん……」

「諦めてるじゃん……」

「今日も可愛いね……」

「なんか返答に困ったら全部『可愛い』って返して済ませようとしてない？」

「………」

「どうなのサヤさん」

「今日も可愛いね……」

「語彙力全然ないじゃん！」

もー！　と痺れを切らしたアムネシアさんがサヤさんから離れます。こうしてナンバーワン高校生ホスト、サヤさんは大事な客を一人逃すのです。

無様……。

「どうやらぼくの眩しさに目がやられちゃったみたいだね」

しかしサヤさんはひどく冷静でした。

それは一体なぜでしょう？

「話変わるけど君も可愛いね、子猫ちゃん……」

「………」

手近な位置に私がいたからです。

いつの間にかサヤさんが私の肩に手を回していました。

「よく今の流れで私のところ来られましたね」

「ぼくが月なら君は地球。互いの引力で引かれあっているのさ……」

「じゃあ壊れちゃうので一生一緒になれないですね」

「いつまでもぼくは君を見守りたい……月のように」

「話変わりますけど月って毎年大体3センチずつ地球から遠ざかってるそうですよ」

「そうなんだ……可愛いね」

「もう話すことなくなっちゃったんですか」

彼女の『可愛い』は限界の合図。今のではっきりわかりました。あなたホスト向いてないですよ。

「ねえイレイナさん。ところでサヤさんってどうやったら元に戻るの？」

横から尋ねるアムネシアさん。

元に戻す方法ですか。

「お腹が減ってるだけなのでパンでもあげれば元に戻りますよ」

「なにそれ」

半信半疑といった様子で目を細めるアムネシアさん。そんな彼女をよそに私は「まあみててください」と語りながら、ブレザーの中に忍ばせておいたフランスパンをずるりと引き出しました。

「どこにパン隠してんのよ」

それはさておき。

「これ食べてください」

「ぼくはいいですけどサヤさんは何ていうかな」

やかましいのでそのまま口に放り込みました。

それから咀嚼(そしゃく)すること三秒後。

「あ、イレイナさんの味がする……」

「治りました」

「なにそれ」


お腹が減ったらこの世界の真実に気づいてしまうイレイナさん

「お二人はご存じないかもしれませんけれども……実はこの国、既(すで)に〝組織〟によって支配されているのですよ……」

こしょこしょ、と息を潜めながらわたしとサヤさんにそう語るのはイレイナさん。その目は爛々(らんらん)とし過ぎており、言い換えると思考回路がどことなく壊れているような雰囲気(ふんいき)を醸(かも)し出しているように見えた。

いつもの彼女らしくない発言に、当然ながらサヤさんは驚きと戸惑(とまど)いを浮かべて首を傾げる。

「急にどうしたんすかイレイナさん」

「しっ！　静かにしてください、サヤさん――」

「ええ？　うるさかったですか……？」

「いいえ。うるさかったわけではありません」ゆるりとかぶりを振る彼女。「ただ、声を抑えないと〝組織〟の人間に私たちが気づいたことを悟られてしまうかもしれません」

「イレイナさん……？」

「〝組織〟の人間は私たちの周りにある電子機器をいつでもハックすることができるのです」

「イレイナさん……!?」

驚くサヤさんをよそにイレイナさんは意味不明な自信に満ちた表情でスマートフォンのスピーカー部分を押さえた。

「これなら大丈夫」

そこ、音が鳴る場所だから押さえてもあんまり意味ないんだけど……？

呆れるわたし。

そして隣で戸惑うサヤさん。

「一体どうしちゃったんすかイレイナさんは」

こんな様子のイレイナさん初めて見たんですけど、と彼女は語る。

なるほど、サヤさんはまだ見たことがなかったのね——なら説明しないとダメみたい。

だからわたしは教えてあげた。

「イレイナさんってお腹が減るとこの世界の真実に気づいちゃうのよ」

「そんなあほな」

あほなと言われても目の前のイレイナさんは紛れもなくこの世界の真実に気づいているから仕方

ないじゃない。

ね、イレイナさん？

「いや、ていうかこの世界の真実に気づくって何ですか！　冷静に考えたら意味わかんないんですけど！」とサヤさん。

「いい質問ですね――サヤさん」

含(ふく)み笑(わら)いで返すイレイナさん。

そして彼女は語り始める。

彼女が知る世界の真実。その全貌(ぜんぼう)を――！

「私が気づいた○○(ピー)というのは○○(ピー)で○○(ピー)が○○(ピー)として○○(ピー)○○(ピー)○○(ピー)○○(ピー)○○(ピー)――」

「なるほ――いや全然わかんないんですけど！」

突っ込むサヤさん。

わたしもほとんどピー音しか聞こえなかったわ。

「くっ……！　ついに私の発言にまで〝組織〟の魔の手が入り込んできやがりましたか……！」

「いや今普通にずっと○○(ピー)って発言してたじゃないですか。初めて見ましたよ、自分で○○(ピー)って喋(しゃべ)る人」

「は？　○○(ピー)」

「いま暴言(ぼうげん)いった！　今、絶対に暴言いった！」

イレイナさん普段こんな人じゃないのに！　と嘆(なげ)くサヤさん。

「イレイナさんってお腹が減ると○○(ピー)が増えるのよ」

「もう何でもありじゃないですか○○って」

中身ゼロでも成立しません？　ほんとに考えて発言してるんです？

意外にも鋭い指摘をするサヤさん。

「……サヤさん、悪いことは言わないから、あまり追及はしないほうがいいわよ」わたしは老婆心ながらに忠告してあげた。

「何でです？　ひょっとして」

「ううん、そういうことじゃなくて――」

ちらりと目配せをする。

と同時にイレイナさんは言った。

「私の発言の中身が気になるのでしたら、私が経営しているオンラインサロンに入ってください。有料会員になるとお手軽にこの世界の真実をのぞくことができますよ」

などと。

こんな具合に。

「……こうなったイレイナさんの話は最終的にお金儲けに通じるの」

「要するにいつも通りじゃないですか！」

「どうです？　サヤさん。私と一緒に世界の真実を暴いていきませんか？」グイグイくるイレイナさん。

サヤさんは「やです！」と拒否した。

「じゃあアムネシアさんは？」

「わたしもそういうのはちょっと。お金がもったいないし」真っ当な意見を返すわたし。

「はあ……」

あからさまにがっかりとした様子で、イレイナさんは言った。「知ってますか？　アムネシアさん。有益な情報ほどタダでは手に入らないものなんですよ？」

「ていうかそういう情報って普段からどこで仕入れているの？」

お仲間でもいるの？

なんとなく尋ねるわたし。

イレイナさんは普通に答えた。

「ゆーちゅーぶで見ました」

「めちゃくちゃバカっぽい！」

「あと、ついったーでも言ってました」

「ていうかぜんぶ無料で手に入る情報ばっかりじゃない！」

「おっと、今はついったーじゃなくてXでしたね、謹んで訂正します」

「どうでもいいわよ！」

有益な情報ほどお金がかかるって何だったのよ。矛盾してない？　わたしはイレイナさんのテキトーな発言を指摘する。

「む……」

するとイレイナさんは、ぐぬぬといいたげな顔をしたのち。

悔(くや)し紛れの一言。

「○○(ピー)」

「サヤさんこの子また暴言いった！」

何を言ったかまではわからないけど多分けっこう過激(かげき)なことを言ったに違いないわ。

「そろそろ口を封(ふう)じたほうがよさそうですね」

「そうね」首肯(しゅこう)するわたし。「このままだとイレイナさんがバカな子だと思われるわ」

「いやそれはわりと手遅れな気がしますけど」

「サヤさんってたまにちょっとひどいよね」

何はともあれわたしたちはそれから食料を調達することにした。

「食べ物どこにあると思います？」首を傾げるサヤさん。

そういえば覚えがあるわ。

わたしはイレイナさんのブレザーの中に手を突っ込んだ。

「え、わ、うわ……、アムネシアさんのえっち……」

普通に引いてるサヤさん。

わたしはイレイナさんの服をごそごそしながら首を振る。

「違うから。べつにそういう目的でまさぐってないから」

「えっちなことする人ってみんなそういうこと言うんですよ」

いや本当に違うから。

「イレイナさんって普段からこういうところにパンを隠し持ってるのよ」

「冬眠前のリスみたい」

「サヤさんってたまにわりとひどいよね」

ちなみにパンはあった。

「はいっ。どうぞ」

あげた。

「知ってました？　実は化学調味料には発がん性物質が含まれていて――」

「いいから早く食べて」

食べさせた。

もぐもぐするイレイナさん。

「そう、私です」

「治ったわ」

「そんなあほな」

ともあれほっと胸を撫(な)で下ろすわたしたち。

「なんかこの辺、Ｗｉ－Ｆｉ飛んでません？」

「やっぱ治ってなかったわ」

「〇〇(ピー)」

第四章

体育倉庫から出られない

「何の用ですの？　こんな場所に呼び出して」

透き通るような声が放課後の体育館に響き渡ります。

金髪の女子生徒。名前はショコラ。

不思議そうな様子で眺める先には一人の男子生徒の姿があります。

「今日、君をここに呼び出したのは外でもない。あることを伝えるためだ」

名はロベルタ。

髪はショコラと同じく金色。顔立ちは整っており、運動神経抜群。そして頭脳明晰。外見から内面に至るまで非の打ちどころがない彼は王子と呼ばれ親しまれています。

そんなあだ名からも簡単に察せられる通り、彼は多くの女子生徒から注目を浴びていました。

「あること……って何ですの？」

そして、だからこそ疑問でした。

人気者の彼が自身を呼び出した理由。彼女はそれがまったくわからなかったのです。

「…………」

こちらを見つめるショコラに対して、ロベルタはとっさに視線を落とします。他の女子生徒たちからの注目を浴びても、歓声を受けても気にならないのに、彼女から見つめられると胸が高鳴ってしまうのです。

だから彼は深呼吸しました。

自らの両手にはバスケットボールが一つ、握られています。

ショコラを呼び出した理由。

今日、この場所で彼女に伝えるべきこと。

それはとてもシンプルで、真っ直ぐな想いでした。

やがて彼は意を決したように、再び顔を上げます。

「このシュートが決まったら、僕と付き合ってくれ」

「……！」

驚くショコラ。

それはどこからどう見ても愛の告白……！

二人はそして、真剣な表情で見つめ合いました。

今、この瞬間。

体育館は、二人だけの舞台へと姿を変えたのです——。

「………」

「………」

ちなみに体育倉庫にはそんな二人の姿を見守る二人の教師の姿がありました。

体育教師のシーラ。

そして国語教師もとい私——もとい、フランです。

私たちは顔を見合わせて語ります。

「何ですかこの状況」

「あたしにもわからん」


一体なぜこのような状況になったのでしょう？

私はいったん、現実逃避ついでにここに至るまでの流れを整理しました。

それは一時間ほど前。私が職員室で普通に仕事をしていた時のことです。

『ちょっと体育館に来てくんない？』

シーラからそのようなメッセージが飛んできたのです。

私と彼女はいわゆる腐れ縁。高校時代から今に至るまでの仲。話は変わりますが放課後の体育館が何をする場所かご存じですか？　私は知ってます。漫画とかで見たことがあるので。

ということで私は即座に返信しました。

『告白ですか？　すみません。私、職場内恋愛はちょっと』

放課後の体育館ってそういう場所ですよね？　私知ってますよ。

『いや告白じゃねえよ！』すぐに返信がきました。暇なんですね。

『それと喫煙者もちょっと』

『だから告白じゃねえっつってんだろ‼』

まあ冗談はこの辺りにしておくとしましょう。

『で、何のご用ですか？』

返信しながらも私は彼女が連絡をとってきた理由をこの時点で何となく察していました。学生時代からの仲ですからね。

『ちょっと体育倉庫の備品整理を手伝ってくれよ』

きっとこのような用だろうと思っていましたよ。

『はいはい』

私は簡単に返信を送ったのちに立ち上がります。

こうして私たちは体育倉庫にて二人で作業をしていたのですけれども。

一通り作業が終わった直後のことです。

まったく意味不明なことに私たちは体育倉庫から出られなくなっていたのです。

「——僕がこれからシュートする。それを見ていてくれ」

まさか本当に告白が行われるとは思いもしませんでした。

ほんの少し開けた扉の向こうで男子生徒——ロベルタ君がショコラさんに背を向け、バスケットボールをバウンドさせています。シュート前の肩慣らしでしょうか。

だむだむ、とボールが弾む音が体育館内に響き渡ります。

「シーラ」

「なに」

「あのボールをだむだむするやつって何と言うんですか」

「ドリブル」

「どりぶる」

ロベルタ君はひたすらドリブルを繰り返していました。いつシュートするのでしょう？　少なくとも告白が無事に終わるまでは私たちはここを出るべきではないでしょう。

なぜならとっても面白そうだから……！

「どうでもいいけどとっとと出ようぜ。告白中だろうと関係ねえだろ」

私は天を仰ぎました。

何とロマンのない同僚なのでしょう。私は呆れて大きく大きくため息を漏らしてしまいました。

「待ちなさい、シーラ」

「何だよ」

「今、このタイミングで出ていくのは非常に危険です」

「危険……、って何で？」

私たちは教師である以上に学生たちの日々を見守る守護者であるべきです。たとえ誰であっても学生同士の青春の一ページを妨げるようなことはあってはならないのです。

というわけで私は扉に手をかけるシーラを押さえました。

「考えてみてください。今この瞬間に私たちが出たら、どんなことが起こると思いますか――？」

扉の向こうで依然としてだむだむする中で私はほわほわと妄想を繰り広げました。擬音ばっかりですね。

がらがらがら。

シュートのためにボールを構えるロベルタ君の前に現れる私たち。

「こらお前ら！」

教師らしく毅然とした態度を見せるシーラ。

「こんにちはー」

横から穏やかな様子でひょっこりと顔を出す私。

「えっ、先生⁉」

きっとロベルタ君はひどく驚くことでしょう。告白をしようとしていたら急に訳のわからない場所から教師が二人も現れたのですから。

「まったく……こんなところで何をやっているんだ？」

教師らしく叱るシーラ。生徒の前では毅然とした態度を見せるべきだという強い意志が見えますね。

しかしそんな彼女に対して、ロベルタ君は首を傾げるのです。

「……先生たちこそ、体育倉庫で何してたんですか？」

「えっ？」きょとんとするシーラ。

「二人でそこから出てきたってことは……僕たちが体育館に来る前から二人で中にいたっていうこと、ですよね……？　何してたんですか？」

「え、いや……別に何も――」

「なんかやましいことしてたんじゃないんですか……？」

「…………」

意表をついた指摘にシーラは戸惑い、言葉を失い、その結果、微妙な空気が私たちの間に流れます。

そしてこの場における沈黙は大抵の場合において肯定とみなされるものです。

「もしかして二人って……、そういう関係……⁉」

きゃー、と両手でお口を押さえて驚くショコラさん。

「いや、違う！　あたしたちは断じてそういう関係じゃねえ！」

「慌てているところがますます怪しいですわ！」

もはや一度されたら勘違いは止まりません。それからショコラさんは「みなさーん！　聞いてくださーい！」などと言いながらとことこと体育館を後にして、妙な噂を学校中に流すに違いないのです。

「――こうして私たちは夜な夜な体育倉庫で密会している怪しい二人として学校中に認知されることとなるのです……」

「いやそうはならねえだろ‼」

酷い誤解が生じる可能性を想定してしくしくと泣く私に対してシーラは鋭く突っ込みました。

しかし今、この状況において私たちが割って入るほど無粋なことはないのです。斯様な展開にならないとしても妙な空気になることは否めないでしょう。

「ともかく、私たちが今から出ていくのはおすすめできないという話です」ダメですよー？　と諭す私。

「じゃあどうすればいいんだよ」

「やはりここは告白が終わるまで待ってあげるべきではないでしょうか」

「でもあたし今日はとっとと帰って一杯やりてえ気分なんだよな……備品整理で疲れたし」はあ、とため息をこぼすシーラ。言いたいことはごもっとも。

私は彼女の肩に手を置き宥めました。

「まあまあ。気長に待ってあげましょう？」

そもそも告白シーンなんてそうそう長く続くようなものではありません。「こうして私たちが会話しているあいだにもシュートを決めてカップル成立しているかもしれませんよ？」

ほら、ご覧なさい。

私はシーラを扉の前まで促します。

そこには二人の姿が――。

「ちょっと待て。一体誰の了承を得てショコラに告白をしているんだ？」

…………。

――三人に増えてる。

私とシーラは目を瞬きました。

体育館の出入り口。

そこにいたのは燃えるような赤髪の女子生徒――確かショコラさんと仲良しの子ですね。

「ロザミアか……」

ちっ、と舌打ちするロベルタ君。

突入してきたロザミアさんはあからさまに不機嫌な様子で彼の元に詰め寄りました。

「ショコラに告白をする時は同じタイミングですると以前から話していただろう！　抜け駆けするつもりか！」

二人の間で以前からそのような取り決めがなされていたのかもしれません。

「私抜きで告白するなんて何様のつもりだ！」と怒鳴っておりました。

そんな彼女に対してロベルタ君は余裕の笑みを浮かべます。

「悪いね。恋は早い者勝ちなんだ」

何を言っているんですか彼は。

「早い者勝ち、か……」意味不明な言動に対してなぜか納得したように頷くロザミアさん。「だったらここは先にシュートを決めた方がショコラと付き合えるということにしようじゃないか」

彼女も彼女で意味不明でした。似た者同士ですね。

「あのう、二人とも……？」

おかしな様子の二人に挟まれ、ショコラさんは目を白黒させながら語ります。「どうして勝った方が私と付き合うみたいな流れになっているの……？」

彼女の疑問はもっともと言えましょう。

既にショコラさんには意中の方がいるかもしれないのに。

「そもそも私、前からロザミアのことが好きで――」

「しっ――ショコラ。それ以上は言わなくていい」

「ロザミア……」

言葉を遮ってみせたロザミアさんをうっとりと見つめるショコラさん。

そしてロザミアさんは彼女の気持ちすべてを悟ったような顔で「……ああ」と頷いたのち。

キメ顔で言いました。

「ここは騎士道精神に基づいて、シュート勝負で決めたい」

「あなた騎士じゃないじゃん……」

ちょっと白けた表情をするショコラさんがそこにはいました。

結局それから私たちが物陰から見つめる中で二人は互いにバスケットボールを手にします。

何ということでしょう。ただの告白シーンかと思いきや少々ややこしい流れになってしまったのです。

だむだむだむ――体育館の床で弾む二つの音。

「まさにダブルドリブルだな……」

「それはちょっと意味がわからないですけど」

あなたまで様子がおかしくなったんですか？

「しかし困ったな、このままじゃいつまで経っても出られないぞ」

あたし早く帰りたいんだけど、と繰り返すシーラ。直前に放ったよくわからないセリフは彼女の中では既になかったことになっているようです。

「ひとまずここは私たちの方で、何か策を練る必要がありますね」

狭い体育倉庫の中。脱出のために何かできることはないでしょうか？

私は辺りを見渡します。

「……！」

そして直後に脱出のための最適な道具を私は見つけるのです。「シーラ！　あれを使いましょう！」

指差す私。

「は？」きょとんとした表情のシーラ。

振り返る彼女が目にしたもの。私が指し示す先にあるもの——。

それは着ぐるみ！

「あれを着て出てみましょう」

「誰が？」

「シーラが」

「何で？」

「いいですか？　私の作戦はこうです」

それではここで私の華麗なる戦術をお見せしましょう。


「やあ（裏声）」

着ぐるみを着て出ていくシーラ。

「きゃーっ！　着ぐるみですわ！」

喜ぶショコラさんと他二名。

古今東西、女子高生というものは可愛いものに目がありません。特に着ぐるみの類いとなれば中身が何であれとりあえず抱きついて一緒に写真撮影くらいはするでしょう。

「ははっ（裏声）」

シーラがそうして三人の相手をしている間に私がこっそりと現場から抜け出し、なんやかんやでうまい具合にシーラも逃げ出す……。

以上。


「完璧な作戦ですね」

「どこがだよ!!」

「とりあえずやってみましょう、シーラ」

「失敗する未来しか見えないんだけど」

「善は急げですよ、シーラ」

「失敗する未来しか見えないんだけど⁉」

それはさておき。

「やあ（裏声）」

やってみました。

がらがらがら、と体育倉庫から三人の前へと飛び出す着ぐるみ装備のシーラ。

「きゃああああああああっ‼　バケモンですわ‼」

叫ぶショコラさん。

「邪魔をするな化け物！」

そして視界に収めるなりバスケットボールを投げつけてくる殺意むきだしの他二名。

「ぐあああああああああああああああああっ‼」

シーラは体育倉庫の中に戻ってきました。というか吹っ飛んできました。

ふむ……。

「一体何がいけなかったのでしょう……？」

「全部だろ‼」

着ぐるみの頭部分を脱いで地面に叩きつけるシーラでした。

「ひょっとしたら顔が見えなかったから化け物扱いを受けてしまったのかもしれませんね……」

「問題もっと他にあるだろ‼」

「今度は着ぐるみ抜きで裏声だけやってもらってもいいですか？」

「やだよ。絶対やらないからな」

「お願いします」

「あたし絶対やらないからな‼」

それはさておき。

「ははっ（裏声）」

やってもらいました。

がらがらがら、と普通に出ていって裏声で自らの存在をアピールするシーラ。

「え？　なんかいきなり裏声で存在アピールしてきてきもいですわ……」

普通に無理……と青ざめるショコラさん。

「邪魔をするな裏声！」

そして声を聞くなり普通にバスケットボールを投げつけてくる殺意むきだしの二人。

「ぐああああああああああああああああっ‼」

シーラは体育倉庫の中に戻ってきました。というか吹っ飛んできました。

ふむ……。

「何がいけなかったというのですか……？」

「だから全部だろ‼」

その場で大いに声を荒らげるシーラでした。

どうやら目立つ言動はすべてバスケットボールをぶつける対象になりかねないようです。

「ここは別の策を講ずる必要がありそうですね……」

私は考えました。

それではこれより私発案の華麗な脱出案の数々をご覧に入れましょう。


まず一つ目。

「とりあえず窓から出てみるというのはいかがですか？」

体育倉庫の高い位置に小さな窓が一つついています。そこから出れば、体育館にいる三人と鉢合わせせずに済むはずです。いかがですか？

「お前にしてはまともな提案じゃねえか」

頷くシーラ。

早速彼女は窓に身を乗り出しました。

直後です。

「挟まったんだが」

挟まりました。

お腹の辺りで。

「あ、そのままじっとしていてください」

ぱしゃぱしゃぱしゃぱしゃ――。

不思議なことに私のスマートフォンが写真を連写していました。はて何故でしょう？

「撮るなよ!!」

ひとしきり撮影したあとでシーラを引っこ抜いてあげました。

二つ目。

「助っ人を呼びましょう」

私たちだけでは解決できないと早々に諦めた私は外部にいる仲間に連絡をとりました。

ところで助っ人とは一体どなたでしょう？

「そう、私です」

「おい何でこいつ普通に入ってきてんだよ」

がらがらがら、と普通に入ってきたのは灰色の髪の女子生徒。イレイナでした。

「イレイナは優秀な生徒ですのできっとこの状況を打開する策を考えてくれるはずです」

「どうも、優秀な生徒です」

髪を靡かせながら得意げな表情を浮かべるイレイナ。

「どうでもいいけど何でこいつ普通に入ってきてるんだよ」外はどうした外は、と突っ込むシーラ。

「お二人とも大変だったようですね」

無視しました。

イレイナは都合の悪い言葉をすべて聞き流す都合のよい頭をしているのです。

「とりあえずいい感じの案を出してもらえますか？」

尋ねる私。

彼女は「ふっ」としたり顔を浮かべながら言いました。

「二人とも。いいですか？　こういう時は堂々としていると意外とバレないものなんですよ！　私も実はここに至るまで堂々としながら体育館を通ってきましたけれども、まったく問題ありませんでしたし」

つまりイレイナはこう言いたいのです。

堂々と出ていけば案外怪しまれない――と。

「なるほど……一理ありますね」

感心しました。

では早速イレイナに試してもらいましょう。

「まあ見ていてくださいよ。お二人とも――」

というわけで。

物は試しとばかりにイレイナは堂々と体育倉庫から出ていってみせました。

直後です。

「イレイナ。私たちの勝負を邪魔しないでくれるか」「悪いが僕たちはいま真剣なんだ」

…………。

普通にバレました。

バレた上にロザミアさんとロベルタ君の二人から叱られる始末でした。

「…………」

ががらがら。

扉を閉めるイレイナ。

彼女は肩をすくめてこちらに向き直り。

言いました。

「じゃあもう私にもわかんないです」

「クソの役にも立たねえじゃねえか!!」

シーラの叫び声が体育倉庫にこだましました。


三つ目。

「私でも解決不可能な難事件なので強力な助っ人を呼びました」

私の代わりに今度はイレイナが助っ人を呼んでくれました。

それは一体誰でしょう?

「カビくせえのです」

アヴィリアさんでした。

例によって普通に体育倉庫に入ってきました。もはやシーラは何も突っ込みませんでした。

ともあれ事情を説明するイレイナ。

アヴィリアさんは頷きました。

「なるほど。事情はよくわかったのです。ならばこいつを使いましょう」

言いながらアヴィリアさんが取り出したのは段ボール。

……段ボール？

「それを使ってどうするつもりですか？」

単純な疑問を口にする私。アヴィリアさんは「ふっふっふ」と得意げな表情をこちらに向けます。

「いいですか？　皆さん。この段ボールを被ってみんなで逃げるのです」

「ふむ。なるほど……」

私は頷きました。

つまり彼女はこう言いたいのです。

四人でそれぞれ段ボールを被って出ていくことで背景に溶け込み、自然と脱出することができるのではないか――と。

私は拍手しました。

「素晴らしい案ですね！」

「そうか……？」怪訝な顔のシーラ。

「早速試してみましょう。きっとうまくいくはずです」

「そうか……？」

疑念を抱くシーラを先頭に私たちはそれから段ボールを被ったまま整列して出ていきました。

直後です。

「きゃあああああああっ!!　段ボールですわ!!」

叫ぶショコラさん。

「邪魔をするな！　段ボール！」

そして視界に収めるなりバスケットボールを投げつけてくる殺意むきだしの他二名。

「ぐあああああああああああああああっ!!」

吹っ飛ぶシーラ。

まあ大変。このままでは私たちもボールを投げつけられてしまいます。

結局私たちはそそくさと倉庫へ退散することにしました。

「なあ。さっきから何であたしばっかり被害に遭うんだ？」

不服そうな顔のシーラはさておき私たちは再び策を練りました。


そして四つ目。

「どもー」

サヤさんが来ました。

「いやいやいや」

彼女が入ってくるなり首を振るシーラ。「だから何でお前らそろいもそろって普通に入ってくるんだ……？」

「ま、細かいことはいいじゃないっすかシーラ先生」

ぽん、と軽く肩を叩くサヤさん。

ともあれイレイナが事情を説明しました。

サヤさんは頷きます。

「なるほど。事情はよくわかりましたよ！」

ご理解いただけてなによりです。

「それで、何か案はありますか？」

尋ねる私。

サヤさんはそれから「はいっ！」と元気よく頷き。

「ないです！」

と答えました。

…………。

以上。

「何しに来たんだよ!!」

シーラの叫び声が再び体育倉庫にこだましました。

というわけで案は出尽くしました。

ありとあらゆる手を尽くしても私たちは狭い体育倉庫から出ることも叶わず、ただただ人数を増やすばかり。

「どうすんだよこれ……」

途方にくれるシーラ。

少し開けた扉の向こうでは依然としてロザミアさんとロベルタ君の二人がフリースロー対決をしていました。

早い者勝ちと言っている割には二人ともバスケットボールがあまり上手ではなかったようです。

後ろで眺めることに飽きたショコラさんが眠そうにあくびをしているのが見えました。

「結局あいつらが飽きるまであたしたちはここに閉じ込められたまま、ってことか……」

大きくため息をつくシーラ。

生徒がみている手前、露骨な愚痴はこぼしたくなかったのでしょう。けれどもその表情は「今日は早く帰りたかったのに」と拗ねているように見えました。

私は笑います。

「大丈夫ですよ、シーラ」

「何がだよ」

ため息交じりにこちらを見返す彼女。

私は教えて差し上げました。

それは五つ目の案。

「たった今、準備は整いましたから」

この状況に陥ること自体が、私が考えていた華麗なる脱出案だったのです。

○

それから私とシーラはイレイナ、サヤさん、アヴィリアさんの三名を連れてごく普通に体育倉庫を後にしました。

五人で仲良く、体育倉庫から出て、何食わぬ顔でフリースロー対決をしているロザミアさんたちの真横を通り過ぎていきました。

何なら「遅いのでほどほどにしてくださいねー」と私から声をかけてあげるほどの余裕があったほど。

彼女たちは私に対して頷くことはあっても、疑うような真似(まね)はしませんでした。

一体何故でしょう?

「シーラ。やましいことというのは少人数でこそこそするからやましく見えるのですよ」

説明して差し上げました。

体育倉庫から人が二人出てくる――恐(おそ)らくこのようなシチュエーションに遭遇(そうぐう)した者の多くがよからぬ想像を働かせるはずです。

では体育倉庫から生徒三名を引き連れた教師たちが出てきた場合はいかがでしょう?

恐らく多くの方が、中で何らかの作業をしていたのだと判断してくれるはずです。

「最初からそれが狙いで人数を増やしていたってわけか」

納得するシーラ。

その通りです。

結果として私たちはそれから難なく体育倉庫から出ることができました。少々遅くはなってしまいましたが、まあ許容範囲内でしょう。

夕暮れに染まる校舎を眺めながら、私は口を開きます。

「ところでシーラはこれからどうするつもりで？」

「どうするって」怪訝な様子でシーラは答えます。「予定通り、とりあえず帰って一人で飯でも食うつもりだけど」

「あらまあ」

私は露骨に眉根を寄せて見せました。

せっかく生徒たちと一緒に窮地を脱したというのに、元々の予定のまま過ごすおつもりなのですか？

「シーラ」

呼びかける私。

「何だよ」

首を傾げる彼女。

余計なおせっかいかもしれませんが、一つ提案させてもらいましょう。

「よければこれから食事でもいかがですか？　イレイナたちと一緒に」

そして私は微笑みかけながら、言うのです。

「人数が多いほうが賑やかでよいでしょう？」

●

すぽっ——。

吸い込まれるようにボールがリングの中を通っていく。

奇妙な流れで始まったフリースロー対決は、あっけない幕切れとなった。

「ま、負けた……！」

その場で項垂れるロベルタ。

勝負は彼の敗北で幕を下ろした。容姿端麗、運動神経抜群かつ王子と呼ばれている彼であっても、手に入らないものはある。

「ふっ……どうやら、ショコラの心は私のもののようだな……！」

ロザミアの執念を前に、彼は敗れた。

喜びと興奮を胸に彼女は振り返る。

「ショコラ！　見ていたか？　私の勝利だ！」

「すぴー……」

寝てた。

退屈（たいくつ）な戦いが長すぎて普通に寝てた。

「起きろショコラ。起きて」

体をゆすって起こすロザミア。

ほどなくしてショコラは「んん……」と鬱陶（うっとう）しそうに目を開けた。

「ふぁあ……おはよう……、ロザミア」

「さあ、帰ろう。ショコラ」

「あ、うん。終わりましたのね……」

眠いですわ……とあくびをするショコラ。ロザミアはそんな彼女の手をとった。

「…………」

二人の仲睦（なかむつ）まじい姿を眺めるロベルタ。

敗者である彼が二人に掛けられる言葉は、ない。

ただ見送ることが彼に唯一（ゆいいつ）残された役割。

しかし二人の背中（せなか）を眺める彼に、天啓（てんけい）が降りてくる。

——人数が多いほうが賑やかでよいのでは？

ロベルタは思った。

あ、その手があったわ。

「待ってくれ！」

早速とばかりにロベルタは二人を呼び止め。

言った。

「三人で付き合うのってどうだろう？」

提言だった。

この際だから三人で仲良くすればいいじゃん！　名案！　はい解決！　むふんと鼻息を荒くするロベルタ。

「…………」

そんな彼にロザミアは笑顔のまま振り返り。

それから言った。

「いや普通に無理」

そうしてロザミアとショコラは仲良く手を取り合いながら帰っていった。心の底から愛し合う二人の女子生徒。なんとなく尊い光景だった。割って入ってはいけない気がした。

「女の子同士って、いいな……！」

ついでにロベルタが何かに目覚めた。

第五章

夢の中のイレイナさん

「ねえ、そういえばイレイナさんとサヤさんって、いつから仲良いの？」

放課後の教室。

私とサヤさん、それからアムネシアさんの三人で他愛もない雑談を交わしていた最中のことでした。少々具体的に言うなれば「昨日、イレイナさんが魔法使いっぽい格好でぼくの夢に出てきたんですよぅ」などと妄想じみたお話を語っていた時のこと。

アムネシアさんは「ほぇー」などと声を漏らしながらサヤさんの妄想に頷いていたかと思えば、思い出したように私たちに尋ねてきたのです。

「入学してから一年くらい経つけど、そういえばイレイナさんとサヤさんって出会った頃からずっと一緒にいる気がするわ」

などと。

言われてみればその通り。

ふむと頷きながら私は答えます。

「私とサヤさんが会ったのは入学式の当日でしたからね」

対して、アムネシアさんと出会ったのは去年の夏頃。大体四ヶ月ほど差がありますから、ずっと一緒にいると思われても致し方ない部分はあるのかもしれません。

「二人はどんな出会いだったの？」

気になるなぁ、と机に身を乗り出すアムネシアさん。

「別に普通の出会いですよ」

私は肩をすくめて答えていました。

長々と尺を割いてまで語るほどの話でもありません。

私たちが出会ったのは一年ほど前——高校入学直後のことです。

当時は私たち三人の中で私とサヤさんの二人だけが同じクラス。私たちは偶然にも席が近く、そして家もそこそこ近かったため、なんとなく普段から距離が近く、やがて普通に言葉を交わすようになっただけのこと。

話してみたらそこそこ気が合ったために、今もこうして一緒にいるのです。

要はよくあるお話です。

まあ大体そんな感じです。

ですよね？　サヤさん。

「ふっふっふ——よくぞ聞いてくれましたね、アムネシアさん」

…………。

サヤさん？

何の変哲もない昔話を思い出しながらサヤさんへと視線を向けた直後、私は首を傾げることとなりました。

　なぜか彼女は無駄に得意げな顔をしていたのです。

「実は今まで黙ってたんですけど――イレイナさんとぼくってすごく運命的な出会いをしたんですよ……」

「へぇー、そうなんだ」

　――いや全然そんなことなかったと思いますけど。

　お菓子をもぐもぐしながらも素直に興味を抱いてしまうアムネシアさんに対して、サヤさんはそれからたわごとを吹きまくるのです。

「もはや前世から運命の赤い糸で結ばれていたとしか思えないほどの出来事がぼくたちの間に起きたんです」

「すごーい」ぽりぽりとクッキーをかみ下すアムネシアさん。

「どうです？　アムネシアさん。聞きたいですか？　ぼくたちの物語」

「ききたーい」もぐもぐするアムネシアさん。

「おっと！　ちなみに、ぼくたちの出会いの物語はこの世に存在する映画やドラマの比ではないくらいに泣ける物語です。ぼくと同じくイレイナさんの隣に立ちたいと願っているアムネシアさんがこの話を聞いて自信喪失してしまわないかがぼくは心配ですね！」

「そーなんだー」私に対して「一つ食べる？」と差し出してくれるアムネシアさん。

「どうです？　これでもまだ聞きたいですか？」

引き返すなら今のうちですよ！　などと鼻息荒く語るサヤさん。

アムネシアさんはそんな彼女に対して「うん」と簡単に頷きました。

「まあサヤさんが昨日みた夢の内容よりは面白そうだから聞きたいかな」

「それって夢の内容には興味ないってことですか？」

「イレイナさんお菓子もう一個あげる」

横槍を入れる私のお口にお菓子をねじ込むアムネシアさん。口封じですね。いいでしょうとも。余計なことは言わないでおきましょう。

甘んじて賄賂を受け取る私の横でサヤさんはむふんと胸を張ります。

「ならば聞かせてあげましょう！　……それは遥か昔の話――」

いやいや。

遥か昔て。

「私たちが出会ったのって去年なんですけど」

「それは遥か昔の話――！」

「強引に進めてきた……」

なんだかよくわかりませんがそれからサヤさんによる単独公演が幕を開けたのです。

身にまとうのは黒のローブに三角帽子、そして星をかたどったブローチ。

ぼくの名前はサヤ。

炭の魔女、サヤ。

「ふう……ここが魔法使いの国、ですか」

ほうきにまたがり、ふわふわと浮かぶぼくの眼下に映るのは、屋根の上に看板を置いた奇妙な街並み。

武器屋、道具屋、宿屋など、ありとあらゆる看板が、ほうきに乗った状態でもよく見えるように上向きの状態で並んでいました。

「噂通りになかなかいい眺めですねぇ」

魔女であり、そして旅人でもあるぼくにも、この国に関する評判は届いていました。

魔法使いの国。

それは殺伐とした山岳地帯にひっそりと存在する国であり、名前の通り魔法使いだけが入国を許される秘境。

そして数多くの魔法使いにとって憧れの地でもあります。

ぼくたち魔法使いは階級が分かれており、下から魔導士、魔女見習い——そして最高位の魔女の三つになります。

魔導士から魔女見習いへと昇格するためには厳しい試験を乗り越えなければならず、それはこの国に住んでいる魔導士たちであっても例外ではありません。何ならこの国は昇格の希望者が特に多いおかげで他国よりも昇格の基準が厳しいそうです。

つまりこの国では魔女見習いになるのは至難の業。

言い換えるとこの国で魔女の証である星をかたどったブローチをつけて過ごすと、周りの人々から羨望の眼差しを向けられるということですね！

「えへん」

誰もみていないのに胸を張るぼく。

そうして国の上空でほうきに乗りながらのんびり過ごしていたときのことでした。

「よ、避けてくださあああああああああああああい！」

声がしました。

「んー？」

上機嫌のままに振り向くぼく。

その直後に「わあ大変」と心の中で思いました。

そこにいたのは一人の少女。

髪は灰色、身にまとうのは黒のローブと三角帽子。歳は大体ぼくと同じくらい。ほんの一瞬で確認できたのはそのくらい。

どこのどなたかは存じ上げませんけれども、きっとほうきの操縦が絶望的に下手くそなのでしょう。

「きゃあああああああああああっ！」

彼女はそのまま、凄まじい速度でほうきを飛ばし、ぼくに激突してきたのです。

「うぎゃああああああああああっ！」

　ぐしゃああああああ！　とぼくの身体が彼女と共に落ちました。もつれあいながら屋根の上をえぐるさまはまるで隕石かのよう。

　整列していた屋根材はべりべりばりばりと剝がれ落ち、それでも勢いは止まらずぼくらはそろって街の路上へと墜落しました。

「いたたたた……」

　ぼくの上で身体を起こす灰色の髪の魔法使いちゃん。「すみませーん、まだほうきの扱いに慣れてなくってぇー」

　可愛らしく首を傾げつつ「ごめんなさぁーい」と彼女は謝罪一つ。

　魔女であるぼくにぶつかっておいてそんな軽いノリで謝るだなんて！　何という身のほど知らず！　ていうかいつまでぼくの上に乗ってるつもりですか？　重いんですけど！

「ちょっとちょっと！　何その態度！」

　ぼくは毅然とした態度で顔を起こした。

　そして彼女の顔をきりっと睨み、言ってやったんです！

「え、超可愛い……」

　きゅん。

　そのときぼくの胸はなぜだか高鳴っていました。

　まあ何ということでしょう！　先ほどはよく見えていませんでしたが、ぼくと衝突した彼女の顔はよく見れば見るほどとてつもなく可愛かったのです。

文句の一つでも言ってあげようと思っていたのにぼくは反射的に意図と反する言葉を吐かされていました。

「え？　可愛い、ですか……？」戸惑った様子で首を傾げる彼女。

「あ、いや。すみません。口が滑りました……」

しっかりしてくださいぼく！　今ぼくがやるべきことは謝罪ではないはずです！　そもそも悪いのは彼女なのです。ここは毅然とした態度で注意してあげるべきです！

だからぼくはそれから息を吸い込み。

「あのですね、いきなり人にぶつかるなんて――」

「――あ、すごい！　ひょっとしてあなた、魔女さんなんですか？」

ぼくの胸元に下げられたブローチを見つめながらぎゅっと手を握ってくる彼女。

「ふへへ」

手ぇ握られちゃったぁ……。

「よかったらぁ……私に魔法、教えてくれませんかぁ……？」

「ふへへ」

もうなんかどうでもいいやぁ……。

――恐らく彼女の顔か声かその両方にヤバい物質でも紛れ込んでいるのかもしれません。どう考えても普通ではない出会い方だというのに、ぼくはその日から彼女に魔法を教えてあげることになったのです。

彼女の名前はイレイナ。

魔女を目指して田舎からやってきた魔導士ちゃん。

それからぼくは魔法使いの国に滞在している三日間、彼女の遥か先をいく魔女として魔法を教えてあげることになったのです。


「うう……風魔法が上手くできないですぅ……」

悩む彼女。遠くに置いた瓶を風魔法で倒してくださいと命じたところ、彼女はむむむと眉尻を下げてしまいました。

ここは魔女としてお手本を見せねばなりませんね！

「いいですか？　風魔法はこうやってやるんです」

ぼくはそれから彼女の背後に立ち、彼女の両手首をつかみます。それから彼女が握っている杖に魔力を流し込んで、魔法を放ってみせました。こうすればなんとなく感覚がつかめませんか？

「どうです？」耳元で尋ねるぼく。

すると彼女は頬を赤らめて言いました。

「み、耳がくすぐったいですよぅ……」

「ふへへ」

超可愛い……。

ちなみに彼女とは基本的に毎日一緒に過ごしていました。

もちろん食事の際も同様。

「うう……私、きのこが苦手なんです……」

「えー？　そうなんですか？　じゃあぼくが食べてあげます。えいっ」彼女のシチューからきのこを回収するぼく。

「すごーい！　さすがサヤ師匠です！」

目を輝かせるイレイナさん。

「ふへへ」

ぼくはだらしない顔のまま、きのこを口に運びました。

ちなみに普通に忘れてたんですけどぼくもきのこ苦手なんですよね。

「ごはあっ！」

普通にむせました。


何はともあれぼくとイレイナさんはそうして毎日一緒に過ごしました。

「サヤさん……今日も一緒に寝ても、いいですかぁ……？」

「ふっふっふ。仕方ないですねえ」

もちろん寝る時も一緒！

ひゅー！　最高ですね！

「大好きです、サヤさん……」

「ふへへ」

こうしてぼくたちはとてもすてきな日々を送——

「いやいやいや」

はあー、と大きめのため息とともにサヤさんのお話を中断させたのはアムネシアさん。「長いのよ。妄想が」

「妄想とは失敬（しっけい）ですね！　これはれっきとしたぼくとイレイナさんが出会った頃の話ですけど？ね、イレイナさん？」

「私に同意求めないでくださいよ」ウインクを飛ばしてくるサヤさんに肩をすくめて返して差し上げました。

お話がいち段落するまで私もアムネシアさんも黙って聞いてはいたのですけれども、内容に突っ込みどころが多すぎでした。

「二人が出会った頃の話なのに何で魔法の世界が舞台なのよ」

これが妄想じゃないなら何なの？　とアムネシアさん。

「これぼくとイレイナさんが昨日の夢で出会ったときの話なんですよね」

「要するにただの夢の話じゃない！」

「知ってますかアムネシアさん。ぼくたちが普段見ている夢は、並行世界の自分自身が体験している出来事――という説があるんですよ！」

「並行世界ってなに」

ご説明しましょう。

「要するに同じような登場人物だけれどどこことは少しだけ様子が違う別の世界ってことですね。剣と魔法の世界だったり、ひょっとしたらSFだったり。端的に異世界と言い表したりもします」

一般的には映画やゲームなどでよく使われるような言葉ですね。

ざっくりとそのように語ったところアムネシアさんは「ほえー」と頷きました。

「サヤさんってそういうオカルトに興味あったんだ」

「オカルトにはそんなに興味ないですけど魔法使いの格好しているイレイナさんが可愛すぎたので現実にならないかなと思って色々調べたんですよね」

「熱意こわ……」

「ちなみに夢に出てきたイレイナさんはこんな格好でした」

ぺちーん！　と机にローブ姿の私のスケッチを叩きつけるサヤさん。なぜか三角帽子には『ぼくとおそろい♡』とメモまで綴られています。

「熱意こわ……」再び嘆息で返すアムネシアさん。

まあ詳細まで内容を覚えていることから察するに、語っていた物語は恐らくは本当に今朝見た夢なのでしょうけれども。

「仮に並行世界だったとしても私の言動が明らかに私らしくないのも気になりますね」

なにやら詳細に設定を語っていましたけれども――要するにサヤさんが私の憧れの存在という設定だったのでしょうけれども、仮にそうだったとしても私は露骨に媚を売るようなことはしないと思うのですけれども。

「えー？　そんなに変でしたかね？」私の抗議にサヤさんはむむと首を傾げていました。

「少なくともイレイナさんとサヤさんの立場が逆だったならまだ納得できるかもしれないわ」

「そうですね」

アムネシアさんに頷く私。

サヤさんは言いました。

「ちなみにこのあとイレイナさんが魔女である証しのブローチを盗んで国から出ていきます。ぼくを油断させてブローチを盗む機会を窺ってたんですよ！」

「なるほど安心したわ。夢の中でもイレイナさんはイレイナさんだったわけね」

「アムネシアさんの中で私ってどういうイメージなんですか」

というか夢の内容がめちゃくちゃすぎはしませんか。

要するに私ただの詐欺師じゃないですか。

「イレイナさん。別の世界であったかもしれない可能性の物語ならばどれだけめちゃくちゃでもオッケーなんですよ」

「それにしてもめちゃくちゃが過ぎる気がしますが」

「ま、そんなことはさておき」

「話を流しましたね」

「ともかくぼくとイレイナさんはこんな感じのドラマチックな出会いで仲良くなったんですよ、アムネシアさん！」

強引にお話を進行させるサヤさん。

その目はあからさまに『どうです？　羨ましいでしょう！』と言いたげであり、無駄に勝ち誇った様子でもありました。

「いやあ困っちゃうなぁ。ぼくたちくらいの運命的な出会いを経ていると、もう他の人が入る余地もないくらいに絆が強くなっちゃいますよね。そうですよねイレイナさん」

「でもそれ夢で見ただけじゃないですか」

「いいえ違います！　これはぼくとイレイナさんが別の世界で経験した出会いと別れの物語……」

言いながらサヤさんはちらちらとアムネシアさんに視線を向けました。「ところで、それを踏まえた上で聞きたいんですけど、イレイナさんって、アムネシアさんとはどういう経緯で知り合ったんでしたっけー？」

「どういう経緯、と言われましても……」

はて？　と首を傾げる私。

アムネシアさんと出会ったのは去年の夏頃のこと。既に私はサヤさんとはお友達でしたので、アムネシアさんと親しくなった経緯も説明したような気がしますけれども。

ひょっとして忘れてしまったのでしょうか？

「別にそこまで特別な経緯でもないですよ」

去年の夏の放課後のこと。

私とアムネシアさんの二人がたまたま図書室で勉強をしており、しかしながら勉強のための必需品である消しゴムを彼女は忘れてしまったらしく、シャーペンの裏についた消しゴムを使うかどうかで深刻に悩んでいたために、隣から消しゴムを差し出して差し上げたことが始まりです。

それから何となく話すようになり、お友達になり、だからサヤさんも交えて三人で一緒にいるようになったのです。

きっかけはそのような些細なものだったような気がします。

ですよね？　アムネシアさん。

「ふっふっふ。よくぞ聞いてくれたわね、サヤさん」

…………。

「アムネシアさん？」

何でさっきのサヤさんみたいな顔してるんですか？

「実は今まで黙ってたんだけど……わたしとイレイナさんもね、運命的な出会い、しちゃってたのよね……」

「何でさっきのサヤさんみたいなこと言ってるんですか？」

何か張り合ってません？

「⁉　アムネシアさんも、ですか……⁉」

「あなたもなに驚いてるんですか」去年のこと忘れたんですかサヤさん。

「ひょっとして図書室で偶然出会った、とか……？」

「覚えてるじゃないですか」

そんな感じの出会いでした。そうですよねアムネシアさん。

「いいえ！　そんな普通の出会い方じゃなかったわ！」

「わあ否定してきた」

何なんですかもう。

「サヤさんとイレイナさんが出会った経緯に勝るとも劣らない運命的な出会いが、そこにはあったのよ――」

「何ですと……⁉」

「ノリノリですねサヤさん」

この場で冷静なのは私だけですか？

「ふふふ。聞きたいかしら？　サヤさん」

「望むところです。どんな出会いの物語なのか聞いてあげようじゃないですか」

「でも大丈夫かな。わたしとイレイナさんの出会いの話ってちょっとサヤさんみたいな子には刺激が強いから……失神しちゃうかも」

「刺激強いんですか⁉」

こっち見ないでください。

期待した顔でこっち見ないでください。

しかし嘆息を漏らす私をよそにアムネシアさんはそれから私たちの出会いの物語とやらをゆっくりと語り始めるのです。

「わたしとイレイナさんが初めて出会ったのは……遥か昔のことよ――」

いやいやいやいや。

遥か昔て。

「その導入の仕方、流行(はや)ってるんですか?」

「その日、わたしは旅人として、魔法使いの入国を禁じている不思議な国――辺境(へんきょう)のアルベッドを訪れたの」

「しかも全然遥か昔じゃない……」

どこですかその国。

現実にない国じゃないですか。明らかに先ほどのサヤさんの夢の話と同じような感じの導入じゃないですか。

などと諸々(もろもろ)突っ込みを入れる私をよそに、結局それからアムネシアさんの単独公演がこれまた幕を開けるのでした。

旅人であるわたしアムネシアはその日、国の門へとたどり着く。

「ようこそ！　ここは辺境のアルベッド！　君は旅行者さんかな？」

名は辺境のアルベッド。魔法使いの入国を禁じている不思議な国。

わたしを笑顔で出迎えてくれた門兵さんは、それから二、三、の質問を飛ばし、最後に「まあ多分大丈夫だと思うけど――君は魔法使いじゃないよね？」と首を傾げた。

「もちろん違います」

腰に添えた剣に軽く触れながら答える。わたしは旅の剣士。ご覧の通り魔法は使えない。門兵さんは「だよね！」と満足げに頷いたのちに端に寄った。

わたしを通してくれるらしい。

「ありがとう」軽く会釈をしてから、わたしは入国を果たす。

門兵さんは「どういたしまして」と頷きながら、

「観光する際は魔法使いにお気をつけて」

と付け足した。

い、い、
気をつけて？

不思議な忠告に踏み出したばかりの私の足が止まった。

「この国は魔法使いの入国を禁じているんじゃないんですか？」

近隣諸国の商人さんたちからそんな風に聞いたはずだけれども。いるはずもない者を相手に一体何を気をつければいいの？

「いやあ……、確かに我が国は魔法使いの入国を禁じているのですけれども……」

頭が疑問でいっぱいなわたしに対して、門兵さんは眉尻を下げていた。「実は昨晩、我が国で魔法使いを発見しまして……」

曰く入国を禁じていても、身分を隠して忍び込む魔法使いが存在するらしく、そんな犯罪者を炙り出すために、この国では定期的に街中で抜き打ちの荷物チェックを実施することがあるのだとか。

入国時にうまくうそをついて切り抜けたとしても、国の中を歩き回る際に気が緩むもの。このチェックに引っかかる魔法使いは結構多いらしい。

昨晩も同様。

「ちょっと、そこの君」

いつものように兵士さんは街を歩いていた人に声をかけた。

「はい？　何ですか？」

振り返るのは観光客の女性。髪は灰色、瞳は瑠璃色。この国には数日前から滞在しており、聞いてもいないのに『世界一可愛い女性は誰でしょう？　そう、私です』と言い出しそうな雰囲気のある子だったとか。

それはさておき兵士さんは仕事をした。

「ちょっと荷物を見せてくれるかな」

チェックを実施している理由についても簡単に説明してから、手を差し出す兵士さん。

やましい事情がなければ荷物を見せてくれるはず。

けれど女性は手に持っていた鞄を抱きしめながら首を振った。

「え？　なな何で見せなきゃいけないんですか？」

とても怪しい。何か隠してるんじゃないの？

「何か見せられない事情でもあるのか？」

兵士さんは詰め寄る。

すると怪しい女性は突然、兵士さんの背後を指差し、叫んだらしい。

「あ！　大変です！　あなたの後ろに魔法使いがいます！」

「何だと⁉」

振り返る兵士さん。

「なんちゃって」

などと女性が笑ったのはその直後。

うそだったみたい。

背後に魔法使いなんてどこにもおらず、むしろ彼女こそが魔法使い。再び前を向いた時には既に彼女は杖を手にしており、

「えいっ」

と魔法を放ってきたのだとか。

兵士さんはその場で軽く吹っ飛ばされ、気がついたときには女性は消え去っていたとのこと。

「――というわけで我々は急遽、その女性を緊急手配することにしたのです」

門兵さんはやれやれと肩をすくめながら、わたしに紙切れを一枚手渡した。

それは手配書。

髪は灰色、瞳は瑠璃色。『そう、私です』と言いたげな、したり顔の女性だった。現在は同様の紙を配布して回っているらしい。

門兵さんは言った。

「この女性を見かけたらすぐに我々に報告してください。よろしくお願いしますね」

「わかりましたー」

説明を一通り聞いたところでわたしは頷き、入国を果たす。

そして門をくぐったところでわたしは日記帳を取り出し、今聞いた話を克明に綴っていった。

旅人として、起きた出来事をすぐに記録に残しておく習慣がわたしにはあった。

こうすることでいつ、どこの国に行ったのか、どんな国だったのか、何があったのかをいつでも思い出すことができる。何かの拍子に記憶から消えることはあっても、記録までは消えない。これまでの旅の思い出は手元の日記に積み重ねられている。

今日の日記に綴る内容は既に決まっていた。

「魔法使いは入っちゃダメって言われてるのに入るなんて、悪い人もいるのね」

たった今、門兵さんと交わしたやりとりをわたしは日記の中にしたためる。

ゆっくり歩きながら、夢中になって文字を綴る。そんな風にお行儀の悪いことをしていたから、前から女性が歩いてきていることにはまったく気づかなかった。

「――わっ！」向かってきた女性は尻餅(しりもち)をつき、そして。

「――きゃっ！」わたしも同様に、路上に転んだ。

痛みが最初にやってきて、すぐに罪悪感が訪れた。入国直後にいきなり人に迷惑をかけちゃったわ……！

「あ、ご、ごめんなさい！　日記を書くのに夢中で……」慌てふためきながらすぐに立ち上がり、わたしは相手の荷物を拾(ひろ)い集める。

日記、雑誌、それから食べかけの林檎(りんご)。

お買い物帰りだったのかもしれない。申し訳ないことをしちゃったわ……。わたしは済まなさでいっぱいになりながら、両手で相手の女性の荷物を抱えた。

「本当にごめんなさい。よければ弁償(べんしょう)でも――」

顔を上げ。

そして相手の顔をここで初めて目の当たりにした。

「歩きながら日記を書くだなんて。感心しませんね」

まったくもう、と腰に手を当てているのはわたしと同年代くらいの女性。カーディガンにワンピースといった極めて平凡(へいぼん)な服を身にまとっており、アクセサリーと呼べそうなものは首から一つ下げられた高そうなネックレスのみ。見かけはさておき髪は灰色で瞳は瑠璃色だった。

……あれれ？

わたしは首を傾げる。

手に持っていた紙切れをかざしてみた。

「……何ですか？」

怪訝な表情を浮かべる彼女。

髪は灰色、瞳は瑠璃色。

………。

同一人物じゃん……。


「いや違うんですよ。私、魔法使いでも何でもないんですってば」

魔法使い一時収容所。

その名の通り、国の中に忍び込んだ魔法使いを一時的に閉じ込めておく場所の中で、なんか言ってる彼女の名前はイレイナというらしい。数日前に入国したときの記録が残っていた。

魔法使いでありながら身分を偽り入国した罪は重い。

「君さあ、自分がしたことわかってるの？　うちの国は魔法使いの入国なんて認めてないのに。これ大変な重罪だよ？」

というわけで兵士さんに思いっきり詰められていた。

悪いことしたなら反省しなきゃ。わたしは彼女の動向を見守った。けれど彼女はそこそこ諦めが悪い性格らしい。

「私、本当に魔法使いじゃないんですよ」平然と彼女は語っていた。

「何を言っているんだお前は。昨晩、荷物検査されたことを忘れたのか?」

「私って実は毎日記憶喪失になるタイプのヒロインなんですよ」

「毎日記憶喪失になるタイプのヒロインって何だよ」

「そう、私です」

「何こいつ……」

斜め上の言い訳に困惑する兵士さん。

けれど改めてイレイナさんの荷物検査をしてみたところ、杖や星をかたどったブローチといった、魔法使いと証明できそうな物は一つも入っていなかった。

「おい! お前、自分の杖をどこに隠したんだ? 言え!」

「えー? 何のことですかぁー? わたし記憶喪失なのでわかりませーん」

「くっ……! 汚いやつめ……! 証拠隠滅しやがったな……!」

彼女が魔法使いと証明できないのであれば牢屋に入れ続けるのは難しい。兵士さんはそれからありとあらゆる手を尽くして彼女が魔法使いである証拠をつかもうとした。

例えば杖を握らせてみたり。

「ほら! 魔法を使ってみろ!」

「えー? この棒何ですかぁー? わかんなーい」

もしくはほうきを使わせてみたり。

「これで空を飛んでみろ」

「あはは！　何言ってるんですかぁー？　ほうきってお掃除するためのものでしょう？」

色々やっていたけれど彼女は全部華麗に躱してみせた。絶対に魔法使いである証拠を出さないという固い意志すら感じられた。

犯罪者ながらそのような徹底した姿勢は少し感心する部分もある。わたしは目の前の彼女の取り調べの様子を記録に残すために再び日記を手に取った。

「あれれ？」

そして直後に首を傾げることになった。「何これ。『魔女の旅々』って書いてある」

おかしいなぁ……わたし、日記にこんなタイトルつけてたっけ？

「え」

牢屋の中でなぜか目を丸くするイレイナさん。

わたしは日記を開く。

そこに綴られていたのは不思議なことにわたし以外の誰かがこれまでたどってきた旅路の記録だった。

誰の日記かな？　ひょっとして、誰かとぶつかったときに入れ替わっちゃったのかな？　よくわからないなぁ。

「えっと……？」わたしは読み上げる。「すれ違った誰もが振り返るほどの美少女は一体誰でしょう？　そう、私で――」

「あー！　わー！」

牢屋の中から叫び声。

わたしは続けた。

「灰の魔女イレイナ。それがわたしの名前で――」

「わー！　きゃー！」

読み上げるわたしをイレイナさんはひたすら妨害してきた。何かやましいことでもあるのかな？

わたしは首を傾げながら直近のページに目を移す。

「あれれ？」これまた不思議なことに、そこには奇妙な記述があった。「なんか魔法使いの入国を禁じているることを知っているのにこの国に密入国したことが普通に書かれてるんですけど――」

「あー！　ああー！　わあー！」

日記はうそをつかない。

わたしが読み上げたのはイレイナさん自身が綴ったここ最近の出来事だったみたい。ぶつかった際に間違えてわたしの手に渡ってしまったみたいね。

「貴様！　これでもまだ自分が魔法使いではないと言い張るつもりか？　もう逃さんぞ！」

「ぐぬぬ」

結局それから牢屋にいた彼女は兵士さんの尋問に白旗を掲げた。

自らを灰の魔女イレイナと自白し、普通に罰金を払うことになったみたい。

悪いことをした人は捕まる。とっても普通の結末ね！

「ふう……今回もいいことをしちゃったわ――」

そしてわたしは再び旅へと戻るのであった――。


「いやいやいやいや」

はあー、と大きめのため息とともにお話を中断させたのはサヤさんでした。「アムネシアさん、いくらなんでもお話にリアリティってもんが欠けてませんかー？」

「えー？　そうかなぁ」

「そうですよ」

私は静かにサヤさんの指摘に頷いていました。「これでは私がただの犯罪者じゃないですか。たぶん妄想だとは思いますけど」

「違うわイレイナさん。これは妄想じゃないの」

「じゃあ何ですか」

「最近見た夢」

「さっきのサヤさんとまったく同じじゃないですか……！」

いや多分夢なのだろうなという気はしていましたけれども。導入の仕方からしてどうせ同じような感じだろうなとは思っていましたけれども。

げんなりする私にサヤさんは「一緒にしないでください！」と声をあげました。

「アムネシアさんが見た夢、ぼくが見た夢と全然違いますし、そもそもイレイナさんが全然イレイナさんらしくありませんでしたよ。おかしなところだらけです」

「そうかなぁ」

そうでしょうとも。

サヤさんの夢の中でも多少気になる点はありましたけれども、アムネシアさんの夢に出てきた私は特におかしな点が顕著に表れていましたね。

大前提として清廉潔白を絵に描いたような私が果たして非合法なことを平然と行うでしょうか。

いえいえまさか。

言ってやってください、サヤさん。

「イレイナさんならぼくと二人で旅をしてないとおかしいんですけど？」

「そこじゃないです」

おかしいところそこじゃないです。

何言ってるんですか？

「魔法使いの国でいったん別れたぼくとイレイナさん——しかし共に過ごした時間を忘れることはできなかったのです……！　別の国で再び顔を合わせたとき、ぼくたちは自然と二人で過ごすようになったのです……！」

ほんと何言ってるんですか？

「以上の条件を踏まえた上で改めて言いたいんですけど、アムネシアさんが見た夢ちょっとおかしいですよ」

多分それあなたの方がおかしいですよ。

呆れる私。

アムネシアさんも概ね私と同じような表情を浮かべていました。

「サヤさんが見た夢の方がかなりおかしいと思うけど……」こちらに視線を返すアムネシアさん。

「イレイナさんって休日とか暇な時間は一人でのんびりする方が好きってこの前言ってなかったっけ」

「そうですね」

私は強く強く頷きました。

旅行をする際も観光地を回るよりも旅先にある何気ない日常風景を一人のんびり歩きながら眺めるほうが好みだったりするのです。

旅先で出会った誰かと一緒に旅をするようになるだなんて少々私らしくないように思えてしまいます。

言ってやってくださいアムネシアさん。

「ちなみにわたしの夢の中ではこのあとイレイナさんと他の国で再会して、なんやかんやで一緒に行動するようになるのよ」

「あなたも何言ってるんですか？」

旅をするなら一人で行動するって話を今したばかりなんですけど？

この辺りから二人の夢の話は徐々に変な方向に転がり始めました。

「ちなみにこの前見た夢では最終的にわたしとイレイナさんの二人で宿に帰っているときに目が覚

めたの」

「ほほう。奇遇ですね。実はぼくも二人で一緒に帰っているときに目が覚めたんです」

「…………」

「…………」

睨み合うアムネシアさんとサヤさん。

余談ですが私たちが三人そろって無駄話に花を咲かせていたのは放課後のこと。

見た夢の話が長すぎた弊害でしょうか、窓の外は既に暗くなりかけておりました。私たちがいる教室以外はろくに明かりがついていない校舎の中。視線を巡らせれば『もう帰りなさい』とどこからともなく囁かれているような気すらしました。

ま、今日はこの辺りで解散としましょうか。

誰から言い出すわけでもなく、私たちは机に広げていたお菓子の包み紙をポリ袋に片付け始め、自然と荷物をまとめ、立ち上がりました。

「今日は私とイレイナさんで帰るわね。だって夢で見たもの」私の手を取るアムネシアさん。

「いえいえ。ぼくが昨日夢で見たので今日はイレイナさんと一緒に帰ります」もう片方の手を取るサヤさん。

「いやいやいや」

「いえいえいえ」

「…………」

「…………」

二人は私を挟んで睨み合いました。

急に夢の話を始めたと思ったらそういうことでしたか。

恐らくは見た夢の再現でもしたいのでしょうけれども。

私は二人の間でため息をつきつつ、語ります。

「いや普通に三人で帰りましょうよ……」

こうして今日も、私たちは他愛もないやりとりを交わしながら、一緒に帰るのです。

第六章　ラブコメでよくみるアレ：曲がり角でぶつかるやつ

いっけなーい。

遅刻(ちこく)遅刻ー。

などと言いながら通学路を歩く少女が一人おりました。

髪(かみ)は灰色(はいいろ)、瞳(ひとみ)は瑠璃色(るりいろ)。顔はどこからどう見ても美少女の彼女は女子高生。口にパンを咥(くわ)えてもぐもぐしている様子(ようす)から察(さっ)せられる通り、無類(むるい)のパン好きであり、そして朝起きるのがまあまあ遅かったせいで遅刻寸前(すんぜん)です。

「いやーやばいですねー」

しかしながら遅刻寸前というのに特に気にせずのんびり歩いている彼女は一体誰でしょう？

そう、私です。

ここから学校までの距離(きょり)はそれなり。歩いて行けばギリギリ間に合うか間に合わないかの瀬戸際(せとぎわ)といったところ。正直(しょうじき)に申し上げれば走ったほうがいいのは明白といえました。

が、私は微塵(みじん)も焦(あせ)らずただただパンをもぐもぐしながら歩くのでした。

やはり無類のパン好きを自称(じしょう)するならばいかなる状況においてもパンを優先すべきでしょう。

「…………」

私は相変わらずもぐもぐと食べながら、のんびり道をゆきました。

いつもより少しだけ遅めの朝のことでした。

○

みなさんこんにちは、サヤです。

突然ですけど皆さんは古今東西のラブコメディにおいて古くから使われている様式美——曲がり角でぶつかるアレをご存じですか？

え？　ご存じでない？

仕方ないですねー。じゃあぼくがやり方を簡単に説明して差し上げましょう。


——曲がり角でぶつかるアレ。
1、まず遅刻寸前の生徒二人を用意してください。
2、遅刻寸前であるため当然ながら二人とも学校へと急ぎます。
3、曲がり角でぶつかります。
4、フォーリンラブ。

はい。

大体こんな感じです。古今東西のラブコメディにおいてこのような展開は何度も使いまわされ既(すで)に手垢(てあか)でべったべた。とにもかくにも慣れ親しんだ展開といえましょう。

そして往々(おうおう)にしてこういうところで出会った二人は恋に落ちるものなのです。

……恋に落ちる！

大事なことなのでもう一度言いました。

ぼくがここ最近読んだ参考文献(さんこうぶんけん)（恋愛漫画(れんあいまんが)）では大体最終的には結ばれてました。この前見た夢の中でもなんだかんだといい感じになってました（たぶん）。言い換えるなら曲がり角でぶつかれば後は何が起こっても結ばれるようになるということです。

更に言えばここでぼくとイレイナさんがぶつかれば多分結ばれることになるということでしょう。

イマジン。想像してみてください。

「いっけなーい！　遅刻遅刻ー！」

走るぼく。

曲がり角に差し掛かります。

直後、死角から現れた灰色の髪の美少女と邂逅(かいこう)するぼく。気づいたときには既に手遅れ。ぼくは止まれず、「あ、死んだかもー」と察しながら彼女と思いっきり衝突(しょうとつ)。

「きゃーっ！」

彼女ともつれ合うようにしてぼくたちは倒れます。

「いたた……」顔を上げる彼女。至近距離でぼくと目が合います。

「い、イレイナさん……」

どきりと胸が跳ねるぼく。イレイナさんと親しい間柄とはいえ、吐息がぶつかるほどの距離で見つめ合ったことなどぼくたちはないのです。

あれれ？　イレイナさんってこんなに美人でしたっけ……。

途端に意識するぼく。

「……さ、サヤさん」

きっとイレイナさんもぼくと同じなのでしょう。彼女の頬がほんの少しだけ赤くなっていくのを、ぼくは間近で見つめながら感じていました。フォーリンラブ。

ぼくは曲がり角の少し後ろからクラウチングスタートの姿勢をとって待機しながら勝利を確信しました。

イメトレは完璧です。もはやぼくの脳内ではイレイナさんのご両親に挨拶するところまで話が進んでいます。

「おりゃっ！」

それからぼくは駆け出しました。

ぼくの計算が正しければイレイナさんは今からおおよそ十秒後には曲がり角に差し掛かる頃合いであり、大体ぼくと衝突することは明白でありその後どうなるかは推し量るまでもないでしょう。

わーい、と両手を上げつつぼくは曲がり角に向かって突進。

そして道が開けたとき、予想通り、視界の端からこちらに向かってくる人影を一つ、ぼくは捉えたのです――。

○

「アヴィリア、急いで！」

息を乱しながらお姉ちゃんはわたしの少し先を走っていました。

体力がぽんこつなわたしはお姉ちゃんの背中を追いかけながら「ま、待ってくださいぃ……」と力無く手を伸ばします。

始業前。遅刻寸前。わたしたちは前日に夜更かししたことを互いに後悔しながらいつもの通学路を走っていました。

「早く早く、急がないと間に合わないよー！」

こちらに手を振るお姉ちゃん。

眩しすぎて目を細めてしまいます。

ところで話は変わりますけれど、

「お姉ちゃん、そんなに、急がなくても……、大丈夫じゃないですか……？」

息を乱しながらわたしは言いました。「こ、ここまで来れば、あとは歩いても大丈夫なのです……！」

お膝に手をあて、前屈みになりながら道の向こうを睨むわたし。

学校が見える程度の距離までたどり着いています。あとは歩いても平気ではありませんか？

しかし、しっかり者のお姉ちゃんはわたしのちょっと先で頰を膨らませます。

「ダメだよ、アヴィリア。何が起こるかわからないんだから。急いでおいて損はないよ」

「で、でもぉ……お腹が減って力が出ないのです……」

きゅるるるる、と悲鳴をあげる我がお腹。

朝ごはんを抜いてきた上にひたすら今に至るまで走り続けたせいでいよいよわたしのお腹も『はぁー、とっとごはんが食べたいのです』とグレ始めてきてしまいました。

「大変そうですねえ」

もしくはわたしたちのやりとりをすぐそばで眺めながらイレイナさんがパンをもぐもぐしているせいかもしれません。

「おいしそう……」

ふらふらとイレイナさんへと吸い寄せられるわたし。パンの香りが恐るべき吸引力を誇っています。

「惑わされないで、アヴィリア！　パンなら買ってあげるから！」

などと遠くの方でお姉ちゃんが言ってる気がしますが、

「何ですか？　私のパンが欲しいんですか？　ほらほら」などとイレイナさんが誘惑してくるせいでお姉ちゃんの声が距離よりも割り増しで遠くに感じます。

「ぱ、パン……」

「そうですよー。焼きたてあったかなパンですよー」

わたしの前でパンを揺(ゆ)らすイレイナさん。その様子はまるで野良猫(のらねこ)に餌付(えづ)けするが如(ごと)し。

しかしわたしが朝食を頂くことは結局できませんでした。

「もー、イレイナさん。うちの妹を誘惑しないの」

ぐい、とわたしを引っ張るお姉ちゃん。その様子はまさしく迷う子猫を捕まえる親猫の如し。

誘惑してきたイレイナさんに対して頬を膨らませながらも、お姉ちゃんは「イレイナさんも急がないと遅刻するわよ」と諭(さと)します。

そしてその上で、

「よかったら一緒(いっしょ)に行く？」

と提案すらしていました。聖母(せいぼ)。後光(ごこう)が差して見えました。よほどの外道(げどう)でもない限り断ることなどできないでしょう。

「いえ私は大丈夫です」

この外道！

なぜ一緒に行かないのですか、とわたしが睨むと、イレイナさんは、

「私って汗かくと溶けて死んじゃう体質なんですよねぇ」と意味不明なことを言っていました。

「いみわかんねえのです」

毎年夏に死んでるんですか？

そして聖母ことマイシスターことお姉ちゃんはそんなイレイナさんの意味不明な言動を華麗にスルーしながら、

「でもイレイナさんもなるべく急がないとダメだよ？　何が起こるかわからないんだから」と普通に心配してあげていました。

「善処します」

手を振るイレイナさんでした。

それからお姉ちゃんはわたしに振り返って微笑みながら、走り出しました。

直後にお姉ちゃんが吹っ飛びました。

「お、お姉ちゃぁあああああああああああああん！」

それは曲がり角にお姉ちゃんが差し掛かった瞬間のことでした。死角から突然現れたサヤさんがお姉ちゃんと思いっきりぶつかり、お姉ちゃんもろとも吹っ飛んだのです。

一体どれだけ急いでいたのかよくわかりませんが、その勢いは凄まじく、二人もみくちゃになってごろごろと路上を転がるほどでした。

「わあ……」

パンをもぐもぐしながら引いてるイレイナさんをよそにサヤさんは起き上がります。

「あ、アムネシアさん……！」

そのお顔は驚愕に染まっていました。「ひょっとして……ぼくの運命の相手って……アムネシアさん……？」

何言ってんですかこの人。

当たりどころが悪かったんですか？

「はわはわ……」

一方でお姉ちゃんはぐるぐる目を回しておりました。

混沌を極めるわたしたちの通学路の途中。イレイナさんはサヤさんたちを眺めながら、わたしの横でため息つきつつ言いました。

「確かに何が起こるかはわかったものじゃないですね」

わたしは頷きます。

「まったくなのです……」

「パン食べます？」

「ありがとうございます」

それからわたしたちはそろって普通に遅刻しました。

皆さんは私と同じような経験をしたことはありますでしょうか。

例えば学校から家に帰っている最中のこと。

「そういえば昨日、冷凍庫に入れておいたアイスを妹にとられちゃったんですよー」

私の学友たるサヤさんは口をとがらせながら「まったくもー。困った妹ですよね」と愚痴をこぼします。

家族間における日常的な出来事のお話。

どこにでもありふれている雑談の一つ。

「お風呂上がりに食べてるところをぼくははっきり見てたのに、追及してみたらミナは『え？　しらない』だなんて誤魔化すんですよー。まったく、人のものを勝手に食べて知らんぷりだなんてひどいですよね」

そして語られる話題はそれから妹であるミナさんの家での様子に関するものへと推移して、お風呂上がりのミナさんがいかに無防備でだらしない様子を見せているのかに移りました。ため息とともに語られる言葉の数々はおおよそ学校では見ることのできないミナさんの素の表情を想像させてくれます。

「そうなんですか」

そんなお話を伺いながらも、しかし私はこのときまったく別のことを考えておりました。

先ほどのサヤさんの言葉を繰り返しましょう。

『そういえば昨日、冷凍庫に入れておいたアイスを妹にとられちゃったんですよー』

皆さんは例えばまったく関係のない話題の中で突然、「あ、そういえばコンビニで買ったプリンが冷蔵庫に入れっぱなしでは？」などと思い出すような経験はありますでしょうか。

このときの私がまさにその状態でした。

（プリン……！）

ふいに突然、何の脈絡もなく、記憶の底から輝きながら浮かび上がる一つのプリン。食べたくて買ったのにそのまま忘れていたプリン。

思い出した途端に私の頭の中はさながらプリンを食べた時のような多幸感に包まれました。

家に帰ったら食べましょう。そうしましょう。甘い喜びがじわじわと私の頭を満たしていき、自然と表情が緩みます。

というわけで私はサヤさんのお話に頷きながらも終始笑みを浮かべることとなりました。

「――話は変わりますけど、お風呂上がりで火照ってるからって薄着でうろつくのってどう思います？　イレイナさん」

「ふふふ……」

「え、何でちょっと嬉しそうなんですか……？」

プリンに想像を膨らませていた私に対してサヤさんは少々困惑した表情でこちらを見つめていました。まあそれはともかくとして私はこの日、突然思い出したプリンの存在によって帰り道がとてもとても幸福だったのです。

皆さんはこんな経験、ありますか？

「おかえりなさい、イレイナ」

そしてサヤさんと別れて一人になったあとはこっそりスキップをしながら夜道をたどり、家の玄関を開ければ母親に出迎えられ、私は「ただいま帰りました」といつもより割り増しで笑みを浮かべました。

一日の疲れが簡単に吹き飛ぶほどに上機嫌だったのです。

「今日はやけに上機嫌じゃない」

「ふふふ」と笑いを返しながら私は冷蔵庫へと直行しました。

ただ忘れられていたプリン一つを思い出すだけでこれほどまでに幸せになれるのに何故世界からは戦争がなくならないのでしょう？

無駄に壮大なことを考えながら私は冷蔵庫に手をかけ、そうして待ちに待ったプリンとの再会を果たし——

「あれ？」

ぴたり。

開けたまま私はそのままフリーズしました。

顔に当たる冷たい空気。視線の先にあるのは間違いなく我が家の冷蔵庫。牛乳、ヨーグルトや卵にはじまり食材の類いや作り置きに至るまで多くのものが詰め込まれている一般的な冷蔵庫の中身。ではあるのですが、決定的なものが一つ、欠けていたのです。

——プリン。

「お母さん、冷蔵庫に、あったプリンは、一体どこに、あるんですか」

カタカタと震えながら私は振り返りました。

我が母は「？」と小首を傾げつつ。

それから何でもないことのようにさらりと言うのです。

「もうないけど？」

だから世界から戦争がなくならないんですね。よくわかりました。私は開けっぱなしだった冷蔵庫を静かに閉めつつ今日で一番大きなため息をつきました。

冷蔵庫で眠っているプリンに期待して帰ってきたのに、既に食べられていた。

皆さんには、こんな経験、ありますか——？

○

今日プリンが食べられることを心から楽しみにしていたのに。なぜ食べてしまったのか。一言くらい断ってくれてもよかったのでは？

元々はお母さんから頂いたお小遣いで買ったものであったとしても、私が選んで買ったものに関しては尊重してもらいたいものです。つい先ほどまでそもそもプリンの存在自体忘れていたとはとても思えないほどに頰を膨らませながら私は静かに抗議し続けました。

しかしそんな私に対して、お母さんは悪びれることもなく、それどころか平然とした表情を浮かべながら言うのです。

「え？　食べたのはあなたでしょう？」

はい？

「今そういう冗談はどうかと思います」ふん、と顔を背ける私。分かりやすく拗ねています。せめて一言くらい謝罪があってもいいのではないでしょうか。

ひょっとして、とぼけてやり過ごすおつもりですか？

「いやそうじゃなくて」

あからさまに機嫌を損ね始めた私に対して、しかしお母さんはいっそう不思議そうな顔を強めつつ、語りました。「あなたがさっき自分で部屋に持っていったんじゃない。晩ごはん前だからやめておきなさいって私が言っても聞かずに」

「はい？」

さっき、とはいつのことでしょう。「私、今帰ってきたところなんですけど」

「でもさっき確かにあなたが持っていったけど……？」

うーん？　と唸るお母さん。

その様子からはおおよそうそや冗談を語っているようには見受けられませんでした。

互いの認識に何らかの行き違いがあるのでしょうか。それから詳しく事情を尋ねたところ、母曰くこのような出来事があったそうです。

それは今から十分ほど前。

お母さんがキッチンでお料理をしている最中のことでした。

「こんにちは」

たんたんたん、と包丁とまな板が音をたてている合間に、冷蔵庫の方から声がしました。それはそれは綺麗で清楚で美しくて、耳にした途端に誰もがときめくすてきな声だったそうです。要するに私の声ということですね。

完璧な美少女は声まで美しいのです。

「あらおかえり。もう少しでごはんできるから待っててちょうだい」

お母さんも当然ながら私が帰ってきたのだと認識しました。ちょうど刃物を持っていたこともあり、顔を向けることなく笑みを浮かべる我が母。

直後に冷蔵庫が開けられました。

「まあ！　いけません。プリンが食べてほしそうにこちらを見つめています」

「晩ごはん前だからほどほどにしておきなさいね？」

「さあプリンさん。こちらへ」

母の制止を聞くことなく、私と似た声の誰かはそのまま冷蔵庫からプリンを取り出しました。そそこそこ楽しみにしていたのでしょう。彼女は上機嫌な様子で鼻歌を歌いながらスプーンを手に取り、それから背を向け、歩き出しました。

向かう先は廊下。

「……？」

自分の部屋で食べるつもりかしら。などと思いながらお母さんはチラリと視線を向けます。

視界の端で捉えることができたのは、桃色の髪。

何だかいつもと様子が違うような……？　と引っかかりはしたものの、結局お母さんは深く考えるようなことはせずお料理に戻ってしまいました。

私が帰宅したのはそれからほどなくのこと。

「――というわけでてっきりあなたが食べたものだと思ってたんだけど」

「そんなばかな」

とてもとても困惑しながら答える私。

やれやれ呆れてしまいますね。真面目な様子で何を語り出すかと思えば単なる与太話ですか。

「もう少しましなうそをついたらいかがですか」

「うそじゃないもん」

「女の子みたいに拗ねてもダメです」

「本当にあなたみたいな子がさっきいたのよ」

いたのよと断言されましても。

「もしも仮にお母さんの話が本当だったのならば、私とよく似たよくわからない人が家に不法侵入してプリンを盗んで今も私の部屋に潜伏しているということになるのですけれども」

「まあそうね」

「そんなことが本当にあると思いますか？」

「私もにわかには信じがたいわ。でもあったのだから仕方ないわね」

何故だかえへんと胸を張る我が母。

開き直るおつもりですか？

自身で食べたことを隠すために架空の話をでっちあげたのでしょうけれども――自身の非を認めるつもりはないようです。

このとき私は話半分で聞いていたサヤさんの愚痴を思い出していました。

いいですか、サヤさん。冷蔵庫に置いてあったものを家族に勝手に取られたときの対処法を私がここで教示して差し上げましょう。

白を切る相手にはこうすればいいのです。

「わかりました。あくまで今の話を事実とするならば私にも考えがあります」

むん、と腰に手を当て、『怒ってます』とアピールしつつ私は語ります。「今から私の部屋に行ってみて、私とよく似た変な人がいるかどうかを確かめてきましょう」

そこにいるんですよね？　私によく似たどなたかが。

事実ならばそれはそれは大変なことです。

実際に見てみようではありませんか。

つまり物的証拠をぶつけることで、相手のうそを暴くのです。

「しかしお母さん、もしも私の部屋に行っても誰もいなかった場合——つまりさっきの話がうそだった場合、その時はどうなるか、わかりますよね？」

「どうなるの？」

虚言によって罪を隠蔽しようとしたのですから相応の対価を払ってもらわねばなりません。

「代わりのプリンを買ってきてください」

「はいはい」

「あとお小遣いの増額も要求します」

「さりげなく関係ない要求も追加してきたわね」

ま、いいけど。とお母さんは余裕の表情を浮かべておりました。「ちなみに、いたらどうする？」

あるはずもない可能性の話を論じていても仕方ありませんけれども、一応答えて差し上げましょう。

「その時は謝罪します」

「謝罪だけじゃ足りないわね」

「ならどうしろと」

「ちょっと高めのケーキでも買ってきてもらおうかしら」

「ふむ」

「あと肩揉みとかもお願いしちゃおうかしら」

「ふむふむ」

色々と要求が多めですけれども――私はこくりと頷きます。

「ま、いいでしょう」どうせ私によく似た変な人などいるはずもないのですから。「何なら『私は母親に対してあらぬ疑いをかけてしまいました』と書いたかんばんを首から下げて写真を撮って拡散してもかまいませんよ」

私は鼻を鳴らしながら堂々と語ります。

リビングに人が入ってきたのはそのときでした。

「ごちそうさまでしたー」

能天気な声をあげながら彼女はプリンの空き容器片手にやってきました。

「え」

と間の抜けた声をあげる私。

「あ」

と口を半開きにする彼女。

身にまとっている服は黒色のローブ。

髪は桃色、少しだけ癖があるロングヘア。私を捉えている瞳は瑠璃色。顔立ちはどこからどう見ても美少女で、今にも『そう、私です』などと聞いてもいないのに自身の容姿を無駄に褒め称えた上で、したり顔を浮かべそうな雰囲気がありました。

「…………」

「…………」

つまるところ私と無言で見つめ合う彼女の外見はどこぞの自称美少女そのものであり。

簡潔明瞭に言えばまるで私のような少女であり。

より端的に言い表すのであれば、まさしく母が語っていた特徴通りの少女が、そこにはいたのです。

ですから私はお母さんの方を向き直ったのち。

抗議しました。

「何でいるんですか」

「だから事実だって言ったじゃない」

○

お母さんの話が事実だったということは、すなわち私たちの家はいつの間にやら不法侵入されていたということに他なりません。

「これは大変なことですよお母さん」

私は一仕事終えたみたいな顔で息をつきながら語りました。見下ろす先には少女が一人。両手足を縄で縛られており、口にはガムテープ。時折「もごご」と何かを呻いています。

ひとまず犯罪者である彼女が逃げられないように迅速に拘束をした次第です。

「まさか本当に不法侵入されていたなんて……。しかも私の顔と声を真似る徹底ぶり……恐らく常習犯ですね」

以前、テレビで見たことがあります。

とある民家に住む一人の男性が不思議な現象に悩まされていました。置いてあったはずの物がなくなり、冷蔵庫の中身が勝手に減っている――怪奇現象を疑った彼は家中に監視カメラをセットしました。

そしてその後、撮れた映像を彼はチェックします。

原因は怪奇現象ではありませんでした。

――そこには屋根裏からこっそり降りてきては物を盗む不法滞在者の姿が残されていたのです。

多分目の前の彼女も同じような類いでしょう。私たちの目に届かない範囲でこっそりと生活していたに違いありません。

「もごご、もごご」

何か訴えていますがそれはさておき。

「何やら余罪がたくさん出てきそうな雰囲気を感じますね……」

屋根裏を叩けば埃が舞い上がるが如し。彼女には色々と裏がありそうな予感がしてなりませんでした。「警察に突き出してしまいましょうか、お母さん」

「うん」頷く我が母。「ところでイレイナ」

「はい」

「ケーキは？」

「…………」

私は目を逸らしました。「やっぱりいきなり警察に突き出すだなんてかわいそうですね。ひょっとしたら彼女にも事情があるのかもしれません。ここは私たちも穏和な感じで行こうではないですか」

過去の過ちを追及するのはひとまずやめにしましょう？　ね？

「ねえねえ。ケーキは？」

「あ、今それどころじゃないのでやめてください」

「あと写真撮影もまだなの？」

「しっ！　お母さん。今は大事な場面なのでそういうのはやめてください」

「謝罪もまだされてないわよ」

意地悪な表情でにじり寄る我が母。「間違えたのだから誠意を見せてもらわないと。ね？」

「間違えた？　はて、何のことでしょう」

素知らぬふりをしつつ追及から逃れる私。

そんな最中にも私たちの下で縛られている彼女が「もごご」と呻きました。まあ大変。何と苦しそうなのでしょう。

今は言い合いをしている場合ですか？　違いますよね？

「ひとまず私の格好を真似ている彼女のガムテープを外してあげましょう。一体誰ですか？　年頃の少女の口にこんな物を貼ったのは」

そう、私です。

ぺりぺりぺりと即座にテープを剝がして差し上げました。

「あなたのお名前は？」

何とお呼びすればいいですか？

母との会話を中断しながら尋ねる私。

彼女はそれからゆっくりと口を開き、一言。

「わたくしの名前は――」

そして語られたのは、人名にしては少々奇抜な名前。

物の名前でした。

どこにでもあるような、何の変哲もない、物の名前でした。

「……え、どういうことです？」そういう変わった名前の方ですか？

対して彼女は「いえ」と首を振りつつ、

「物と同じ名前というか、わたくしは物でございます。イレイナ様」

などと言葉を並べるのです。

物そのもの？　イレイナ様？

「より具体的に言うのであればイレイナ様の所有物でございます」

「？？？？？？？」

どういうことですか？

言葉を交わせば少しは何かわかるかと思っていたのですが、私の頭上に大量の『？』が浮かぶ結果となってしまいました。もはや何が何だかさっぱりわかりません。

戸惑う私はそれからお母さんの方へと視線を向けます。

助けてくださいお母様。

「イレイナ」

私を見つめ返すお母さんの表情は既に真剣そのもの。以心伝心。恐らくは悪ふざけをしている場合ではないことに気づいたのでしょう。

「私も一つ聞きたいことがあるのだけれど、いいかしら」

「はい」

頷く私。

そして彼女は私の肩に手を置いたのち。

言いました。

「写真撮影、いつするの？」

「いやめちゃくちゃしつこいですね」

○

「？　どした、フラン」

スマートフォンに通知がきたのは同僚のシーラとレストランで夕食を摂っているときのことでした。

仕事の連絡でしょうか？

首を傾げるシーラをよそに私はスマートフォンを確認します。

「…………」

直後に私は閉口しました。

「どした」

再び尋ねるシーラ。

答えるよりも見せた方が早いですね。

「何だかイレイナからよくわからない画像が送られてきたのですけど」

掲げる私。

画面に映し出されているのは、いかにも不本意そうな表情を浮かべながら『私は母親に対してあらぬ疑いをかけてしまいました』などと書かれたかんばんを首から下げたイレイナと、その隣で「いえーい」とピースするヴィクトリカさんのお写真でした。

「何やってんだあいつ」

「さあ……？」

意図がよくわからなかったので私はとりあえず『楽しそうでいいですね』と返信を送っておきました。

既読と返信は一瞬でした。

『楽しくないんですけど？？？？？』

だそうです。

「何でキレてるんだこいつ」呆れるシーラ。

「さあ……？」

何だかよくわかりませんが大変そうですね……。

○

恥ずかしい写真を送ったのちに私はスマートフォンを仕舞いました。

いえ、というより今はそんなことをしている場合ではないのです。

「すみません、もう一度お名前を言っていただけますか」

目の前で縛られている彼女に私は尋ねます。

私とよく似た顔立ちの彼女はやけに厚い信頼が籠もった眼差しで「はい」と頷いたのちに答えました。

「ほうきです」

などと。

…………。

何度聞いても凄まじい違和感を覚えるのですけれども。

「つまりあなたは、物のほうき、ということですか？」

「左様でございます」

「にわかには信じがたいのですけれども……」

「ちなみにただのほうきではなくイレイナ様の所有物のほうきでございます」

「本当ににわかには信じがたいのですけれども……！」

一体何がどうなっているんですか。

「イレイナ様、小さい頃に家に置いてあったほうきを使って空を飛ぶ魔女の真似事(まねごと)をしたことはございませんか？」

彼女が投げかけてきたその言葉で私の脳裏(のうり)に映像が一つ浮かび上がります。

それは近所の土手(どて)でほうきにまたがりジャンプするやんちゃな少女の姿。果たしてそれは誰でしょう？

そう、私です。

「お母さん！　私ね、大きくなったら魔女になるの」

空など飛べもしないのに私は何度も試みました。

「ふふっ。なれたらいいわね」などと笑う母のそばで、何度も試みました。

現実世界で魔法使いになどなれるはずもないのに、どういうわけか私は将来、本気で魔女になれると信じていました。

だから昼間はほうきを持っておでかけして、せっかく空を飛ぶならとほうきにおしゃれな布を巻いてみて、夜になったらほうきをそばに置いて寝る。

幼い頃は確かにまあ、そんなようなことをしたこともありますけれども……。

「まさか……あの時私が大事にしていたほうきが人になった姿、とでも言うつもりですか……？」

私はふむと一人考えました。

いやいや、そんなわけがありませんよね？

半信半疑の私に対して、自称ほうきさんはむふんと胸を張って見せました。

「いいえ、そのまさかです。イレイナ様。わたくしはイレイナ様が大事にしていたほうきそのものです」

「ええー」うそくさ……。

「信じておられないようですね」

「なんかその証拠とか出せるんですか」

「お言葉ですが、イレイナ様」得意げな表情のまま、自称ほうきさんは語ります。「イレイナ様が幼い頃に魔女の真似事をしていたことを知っている――わたくしがほうきである証拠などそれだけで十分ではありませんか？」

はい証明終了、と言わんばかりのほうきさん。

「いやイレイナが小さかった頃は魔女が主人公のアニメが流行ってたから同世代の子はみんな魔女の真似してたけど」

そして横からあっさり論破するお母さん。

「だそうですけど、ほうきさん」

「…………」

ほうきさんは無言で頬を膨らませていました。

ふてくされてる……。

「ちなみに他には何か証拠とかあるんですか」

尋ねる私。

息を吐き出して頬が元通りになったあとで、「もちろんございます」と頷いてから、彼女は表情を少々曇らせました。

「ただし今から説明することは荒唐無稽なので信じていただけない可能性もありますが……」

などと。

「いえいえ大丈夫ですよ」

「……本当ですか?」

「もちろんですとも。ねえお母さん」

ちらりと視線を向ける私。

「そうねえ」

頷く我が母。

（物を自称している時点で既に荒唐無稽ですし）

などと私がそのとき思ったことはさておき、それからほうきさんは「では……」と息を漏らしたあとで、語りました。

「――わたくしは物ですので、物が語る言葉を読み取ることができます」

「へぇー」

私とお母さんはそろって頷きました。

ちなみにこのときの私たちの心情は以下のようになっています。

(胡散くさいですね……)

(イレイナの周りってどうして変わった子が多いのかしら)

「その様子、信じておられないようですね」

私たち二人を頬を膨らませながら見つめるほうきさん。おやおや人の気持ちすら読み取ることができるのでしょうか。すごいですね。

「なんか証明とかできるんですか?」

「もちろんでございます」

「ほほーう。じゃあやってみてください」

さあさあどうぞ、と私はそれからテーブルの上に置いてあったマグカップを指差しました。「試しにこれがいつどこで買われたものなのか当ててみてくださいよ」

「構いませんが、もしも当てたらどうします? イレイナ様」

「ふっ……、私の全財産あげますよ」

どうせ無理でしょうけど!

「こちらのマグカップはイレイナ様が小さい頃にテーマパークに行った際にお母様にねだりつづけ

て仕方なく買ってもらった代物(しろもの)です」

「すみませんでした」

謝罪しました。

「あら、当たってるわ」感心するお母さん。

「ちなみにこちらのマグカップは未だにイレイナ様のお気に入りであり、洗う時もとても丁寧(ていねい)だとマグカップ様が喜んでおります」

「あらまあ」

すみませんでしたってば。

彼女がほうきであるかどうかはさておき、ひとまずただ単に私に似ているだけの女の子、というわけではないのでしょう。

ほうきさんと私を見比べながら、私の母も「ふむ……」と気難しい表情を浮かべていました。

「あなたいつの間に物とお友達になったの？」

いえいいえ。

「まったくもって記憶にないです……」

ゆえにほうきさんから昔からの親友かのような表情を向けられても私は少々困ってしまうのです。

何せ初対面なのですから。

「そんな……！」

きっぱりと語ったところ、ほうきさんはたいそうショックを受けておいでの様子でした。「ううっ……

わたくしとの美しい思い出の数々を忘れてしまったのですね、イレイナ様……」

しくしくと涙をこぼすほうきさん。

「そうですよね。わたくしは所詮、ただのモノ……」

「言い方がちょっといかがわしいですね」

「イレイナ様にとってわたくしなんて用事が済んだらポイ捨てされるだけの行きずりの関係に過ぎなかったのですね……！」

「言い方がだいぶんいかがわしいですね」

わざと誤解をまねくような表現してません？

「イレイナ、あなた……」結果お母さんに引かれました。

「いや言葉の綾ですから。真に受けないでください」

ため息で返す私。

少なくとも私は今までの生活において、私と髪の色以外の見かけがよく似ているローブ姿の私というものを見たことがありません。

私の記憶が正しければ、初対面であることは間違いないはず。

「ふむ……」

けれど私の隣で、お母さんは頬に手を添えながら眉根を寄せていました。「確かに初対面なのだろうけど……何だかこの子、初めて会ったような気がしないのよね……」

初めて会った気がしない。

と言われましても。

「私と似たような姿なのですから当然ではないですか」

「ええ。まあ、見た目はね？　でも、思い返してみれば何となく、日常生活の中でこの子が存在していたような気がするのよ」

「？　どういう意味です？」

「この前見たテレビ番組のこと覚えてる？」

首を傾げるお母さん。

基本的に私とお母さんはいつも並んでテレビを見ていますから、彼女が頭の中に思い描いているものはすぐに私の脳裏にも映し出されました。

「屋根裏でこっそり生活していた不法滞在者の話ですか」

「そう。それ」

首肯したのち、お母さんはほうきさんを見つめます。「ね、あなた。ひょっとして、前から家に住み着いていたんじゃないの？」

振り返ってみれば不思議な出来事がよくあったそうです。

例えば私が学校へと出かけた直後のこと。弁当を忘れていることに気づき、お母さんがメッセージを送ったところ、私から『バッグに入ってましたよ』と返信がきたそうです。

テーブルに置いてあったはずの弁当箱は知らぬ間に消えていました。

例えばリビングでうたた寝をしていたところ、誰かから毛布をかけられたこともあるそうです。

『風邪をひいてしまいますよ』朧げながら聞こえた声は私によく似た誰かのものでした。

人の記憶はそこそこ適当なもので、例えば斯様な不可思議な出来事に見舞われたとしても勝手に辻褄が合うように補完してしまうものです。

弁当箱の例でいえばお母さんは「見間違いかしら?」と自己完結し、毛布の話でいえば「イレイナがかけてくれたのね」と考えて、それ以上疑問を抱くこともなかったのです。

屋根裏でこっそり生活をしていた不法滞在者の話も、そもそも住民がその存在を疑い始めたのは、住みつかれてから半年以上経ったあとのことでした。

人は存外、視界の外の出来事には鈍感なのです。

「要は普段は裏で行動をして、どうしても私の前に出なければならないときはイレイナのフリをして活動していた——大体そんな感じかしら?」

お母さんはほうきさんの行動をそのようにまとめました。

「……さすがはお母様です」

参りました、と言わんばかりに笑みを浮かべるほうきさん。

彼女はそれから観念した様子で語り始めます。

「そうですね。わたくし、実は少し前からイレイナ様の生活をこっそりサポートさせていただいているのです」

「他にも色々してるのね?」

「左様でございます」

「具体的にはどんなことを？」首を傾げるお母さん。

「例えば本日でいえば冷蔵庫に忘れ去られていたプリンをイレイナ様の代わりに食べたりしました」

プリン！

途端に私の中に眠っていた怒りが再び頭をもたげました。忘れていました。私は彼女にプリンを横取りされているのです。これのどこがサポートだというのでしょう。

「あれ今日帰ったら食べようと思っていたものなんですよ、ほうきさん」

「イレイナ様」

「何ですか」

「賞味期限、切れてます」

「何ですって……？」

愕然とする私でした。

見れば確かに、ほうきさんの傍に置いてあるプリンに印字されている日付は昨日のもの。

「わたくしはイレイナ様がお腹を壊さぬようにお守りしたのです……」

「あなたは何ともないのね」首を傾げるお母さん。

「わたくしは物ですゆえ……」

「よくわからない理屈だわ……」

苦笑するお母さん。

ちなみに興味本位で尋ねますが、

「他にはどんなことをしてくれていたんですか？」

先ほど挙がった例やプリンの話はあくまで私やお母さんが認知できた部分の話。彼女の口ぶりから察するに、裏ではより多くの補助をしてくれているのでしょう。

しかし不思議な話ですね。

「補助を受けたような記憶があまりないのですけれども……」

普通に生活を送っていても私は彼女の気配を感じたことがほとんどないのです。私が鈍感なのでしょうか？

それから彼女は「ふむ」と考えたのち、

「色々やっていますね」と口を開きます。

「色々って何です？」

「言ってしまってもよいのですか？」

おやおや随分と勿体ぶるじゃないですか。まるで何かやましいことを隠しているかのよう。

ひょっとして実は自身の利益になることも色々やっているのでは……？

プリンの件も実際のところ賞味期限が一日過ぎているくらいであれば問題なく食べることは可能です。つまり私を守るという名目で自身のプリン食べたい欲を満たした可能性も否定できないのです。

ゆえに私は毅然とした態度で言いました。

「ほうきさん。全部はっきり言ってください」

「……よいのですか？」

「もちろんです」

むん、と頷く私。

あなたが私のよき友人なのか、それとも私と同じく私利私欲にまみれた人間なのかをここで判断しようではありませんか。

「わかりました。では……」

そしてほうきさんは息を吸い。

これまでに行ってきたサポートの数々を、語るのです。


——それは例えばある春の日のこと。

「変装して他人のふりをすれば無限にパンが買えるのでは……？」

一人一個限定のパンを何度も購入できる裏技を見つけてしまった女子生徒が一人おりました。何なら変装して買い続けて完売した後に自分で売れば安定した儲けが手に入るのでは？　などと天才的な閃きを発揮する彼女は一体どなたでしょう？　そう、私で——待ってくださいほうきさんその話はちょっと。

「……イレイナ？」

「なんでもありません」冷たい笑みを浮かべている我が母に愛想笑いで返す私。「ほうきさん。別のお話にしてもらえますか」

「かしこまりました」

そしてほうきさんは語ります。

——それは例えば夏の日のこと。

「テスト前でお困りのそこのあなた。赤点を回避したくはありませんか？　ところでここに秀才(しゅうさい)であるこの私が書いたノートがあるのですが」

同級生を前にしてしたり顔を浮かべる女子生徒がそこにはおりました。ノートを見せてあげる代わりに対価を求める気満々でした。それは一体どなたでしょう？　そう、私で——待ってください

その話もやめてもらえますか。

「ねえ、イレイナ？　あなた裏で何をしてるの？」

「なんでもないんです」おほほほ、と乾いた笑いを返す私。「ほうきさん……！　もうちょっとこう……温まる感じのエピソードを披露(ひろう)してください」

「かしこまりました」

そしてほうきさんは語ります。

——寒い冬のこと。

「そこのあなた。ひょっとして今、何かお困りではありませんか……？」

壊(こわ)れた自販機を前にして困っている男性に話しかける女子生徒が一人おりました。その手には先ほどコンビニで買った新品のお茶一つ。よければこちらを差し上げましょうか？　ちなみにお値段

３００円です。などと言いたげな表情の彼女はどなたで――待ってくださいほうきさん。言葉の意味合いが違います。

「お茶を飲んで温まるという意味ではなかったのですか」

「感動的なエピソードという意味です」

「感、動……？」

「そこだけ壊れたロボットみたいな反応しないでくださいよ……」

まるで私には心温まる感じのエピソードが皆無みたいじゃないですか。

「わたくしが関わったなかで心温まる感じのエピソードは今のところ皆無です」

「はっきり言わないでください」

まったくもう、と私。

しかしながら彼女がいくつか例を挙げてくれたおかげで判明したことが一つありました。

どうやら彼女は私が怪しいことに手を出さないように普段から陰ながら軌道修正をしてくれていたのでしょう。

実のところ、例に出されたお話はすべて実現しなかったものなのです。

例えばパン屋さんで一人一個限定のパンを何度も買おうとした際は、変装して二度目に買おうとしたところで、「悪いことはダメですよ」とどこからともなく囁きかけられて、やめてしまったのです。

てっきり当時は店員さんから目をつけられたのかと思ったのですけれども、恐らく声はほうきさんのものだったのでしょう。

他にもノートに関していえばその日に限って家に忘れておりましたし、自販機は奇跡的に復活して普通に男性が購入をされていました。いずれも私の計画は失敗に終わっているのです。

もしも彼女がいなければ、私は今、何らかの間違いを犯して怪しいことに手を染めていたかもしれません。私の手が今も綺麗なままでいられるのは彼女のおかげといってもいいでしょう。

「ほうきさん……」

あなたは私を陰ながら助けてくれていたのですね……。

「イレイナ様をお守りするのはわたくしの役目ですから……」

なんとなくいい感じの雰囲気になる私と彼女。

どうやら私は彼女の存在を勘違いしていたようです。

万事解決、一件落着。彼女は私のベストフレンド。

「――イレイナ。今の話、何？」

万事解決！　一件落着！　彼女は私のベストフレンド！

ふふふと恐ろしい笑みを浮かべながらこちらを見つめる我が母君から私は全力で目を逸らしました。

「あ、安心してくださいお母さん。全部未遂で終わってます……！」

「でもアウトローなことをしようとはしたのね？」

私との距離を詰めるお母さん。

「顔、近いんですけど……」

「一応聞いておきたいのだけれど、あなた、他には怪しいことしてないわよね？」

「も、もももちろんですとも」

私はしどろもどろになりながらも言葉を紡ぎます。「私は清廉潔白を絵に描いたような人間ですよ？　怪しいことなんてやってるわけ――」

そのときでした。

私のスマートフォンから軽快な音楽が鳴り響きました。

着信。

ディスプレイに表示されたのはミナさんの名前。

……ミナさん？

こんなときに一体何の用でしょう？

しかしこれはお説教から逃れる千載一遇のチャンスでもあります。

「出てもいいですか？」着信に出てなんとなく空気を有耶無耶にしてやりましょう。

「どうぞ」頷くお母さん。

真面目なミナさんのことですからきっと真面目な話題でかけてきたに違いありません。

そして私は画面をタップしてスピーカーに切り替えてから通話ボタンを押しました。

「こんばんはミナさん。どうしました？」

『……イレイナ』冷静な声がスマートフォンから響きます。

「はい」

言葉を待つ私。

それから彼女は満を持して、言いました。

『……えっち』

「？？？？？？？？？？」

途端に凍りつく我が家のリビング。まったくもって意味不明なことに画面の向こうの彼女からは妙な恥じらいが感じられました。

『今日のことだけど。誰にも言わないで。私、学校ではクールなキャラで通っているから』

「…………………………」

『お風呂上がりにだらしない格好していることも言わないで。ああいう格好は身近な人にしか見せてないんだから――』

「…………………………」

私は通話を切りました。

……………。

やってらんないんですけど……。

「やけに遅いと思ったら……何してたの？」

「いや、あの……これは違うんですよ」

誤解です。お母様。誤解です。

恐らく今日の帰り道にミナさんの愚痴をサヤさんがこぼしていたことが本人に伝わってしまった

のでしょうけれども——何だかミナさんの変な言い回しのせいで妙な空気になりましたけれども。

決してやましいことはないのです。

本当です。

「イレイナ……？　年頃なのはわかるけれど、よその子に恥をかかせないようにね……？」

「ちょっと優しくしないでもらえますか……？」

変な勘違いが加速しつつありました。話題を変えたら変えたで別の意味で気まずくなるとは思いませんでした。地獄ですかここは？

「ほうきさん」

助けてください我が友。

視線を向けて助けを求める私。

真剣な表情の彼女がこちらを見つめていました。

「イレイナ様」

「はい」

「ちょっとこれは無理でございます」

「諦めるの早や……」

ていうか全然助けてくれないじゃないですか……。

ベストフレンドとは何だったのか。

「ところで話題は戻るんだけど、イレイナ？　随分とアウトローなことに手を染めようとしていたみたいね？」

しかも全然話題逸らせてないじゃないですか……。

思い出したように私の肩を叩くお母さんの手にはかんばんが一つ握られています。これから先に待ち受けている展開など簡単に予想できます。

「あのう……、今回は見逃してもらえませんか……？」

恐る恐る尋ねる私。

にこりと笑いながらお母さんは答えます。

「私ってしつこいのよ」

○

「またかよフラン」

スマートフォンに通知がきたのは同僚のシーラとレストランで夕食を摂っているときのことでした。

……今度こそ仕事の連絡でしょうか？

首を傾げるシーラをよそに私はスマートフォンを確認します。

「…………」

直後に私は閉口し、こちらを見ているシーラに画面を掲げてみせました。「何だかイレイナからまた画像が送られてきたのですけど」

画面を指さす私。

画面に映し出されているのは、いかにも不本意そうな表情を浮かべながら『私は母親に黙ってアウトローなことをやっていました』などと書かれたかんばんを首から下げたイレイナと、その隣で「いえーい」とピースするヴィクトリカさんのお写真でした。

私たちは呆れました。

「……さっきから何やってんだあいつら」

「さあ……？」

○

「あ、そういえばほうきちゃん、今夜からうちで住ませようと思うんだけど、どうかしら」

色々なことが起きた一日の最後。

私がかんばんを片付けている真横でお母さんはごく自然にそのようなことを語りました。

ほうきさんが、一緒に住む、ですか。

「まあいいんじゃないですか」

ふむふむと頷く私。

「えええええええ……？　そ、そんな、申し訳ないです……」

恐らくその場で驚いていたのはほうきさんご本人のみだったことでしょう。私も私できっと母ならそんなことを言い出すだろうと思っていたのです。

人は目に見えない範囲には鈍感ですが、いつも目にする場所にいる相手が考えていることは何となくわかるものなのです。

驚くほうきさんの肩に手を置きながら、母は笑います。

「これからイレイナが変なことをしないように見守ってね？」

その笑顔にはちょっとした圧が含まれていたような気がしました。『イレイナが悪いことをしたらすぐに私に知らせなさい』と語っている雰囲気も感じました。

まるで私が悪いことをする人間であると決めつけているかのような口ぶり。まったく失礼しちゃいますね。

「住まわせていただくのはありがたいのですが……、お二人とも、そんなに簡単に決めてしまってもいいのですか……？」

戸惑いながらも尋ねるほうきさん。

既に少し前から私たちの家にいたようですし、今更な気はしますけれども。

一ついいことを教えて差し上げましょう。

「私たちって結構テキトーなんですよ」

だから別に大丈夫ですよ、と私は語ります。

「そうね」然りと私に首肯を重ねるお母さん。

極めて軽い雰囲気のまま、そうしてほうきさんは私たちの家族の一員となったのです。

「ありがとうございます……お二人とも」

　とても嬉しいです……、と感激するほうきさん。感激したあとで彼女は「あっ……」と口をぽかんと開けた、かと思ったら閉ざしてしまいました。

　それはまさしく何か思い出したけれども、口に出すことを憚(はばか)ったかのよう。

「どうかしたんですか？」

「あ、いえ……、すみません、何でもありません」

　躊躇(ためら)いがちですね。

　私は言いました。

「これからは同じ家で堂々と暮らす家族なのですから、言いたいことがあるなら正直に話したほうがいいですよ」

「では……遠慮(えんりょ)なく言ってもいいのですか？　イレイナ様」

「どんとこいです」

　胸を張る私。

　ほうきさんは言いました。

「イレイナ様の全財産まだもらってないです」

「………」

「もらってないです」

　そういえばマグカップがいつどこで買われたのかを当てたら全財産あげるって言いましたね……。

言ってしまいましたね……。

「ほうきさん」

「はい」

私はそれから過去の軽々しい発言にたいそう後悔しながら、ほうきさんの肩に手を置いて言いました。

「うちの家族の中で私は特にテキトーです」

「あのう、イレイナ様?」

「約束も簡単になかったことにします」

「イレイナ様?」

「要約すると記憶にないです」

「ええええええ……」

何はともあれこうして色々あった一日は終わりを告げたのです。

「もしも納得いただけないのでしたら今日あげたプリンで我慢してください」

「いやあれ賞味期限切れてたのですけど」

第八章　ラブコメでよくみるアレ：ロッカーに二人で閉じこもるやつ

わたしが彼女から空き教室に呼び出されたのは放課後のことです。

「ふふふ……来たわね、アヴィリア」

がらがら、と扉を開ければ机に腰掛けた彼女がこちらに不敵な笑みを浮かべていました。ミナさん。

サヤさんの妹であり、しかしサヤさんよりもちょっと大人びた雰囲気のあるわたしの同級生。

わたしは「どーも」と手を振りながら扉を閉めて彼女へと近寄ります。

「……ここに来るまでの間、誰にもつけられなかったでしょうね」

「問題ないのです。わたしを誰だと思ってるのですか」

「ちょっと抜けたところのある子」

「ほほーう？　このわたしを挑発とは。いい度胸なのです」

目を細めるわたし。

今日わたしがこの場所に来たのはミナさんの希望に応えるため。わたしの機嫌を損ねてもいいのですかー？

「冗談だわ」

肩をすくめるミナさん。わかればいいのです。

「それで、アヴィリア、例のモノはちゃんと持ってきたのでしょうね」

わたしは頷きました。

「もちろんなのです。今日はそのために来たのですから」

「そう……じゃあ」

すっ、とミナさんは辺りを窺いながらこっそりとこちらに手を差し出します。

握られていたのは、お金。

「……頂くのです」

すすす、とこっそりお金を受け取るわたし。空っぽになった彼女の手には代わりに例のブツを持たせました。

まさに闇取引。

彼女はわたしが渡したブツに視線を落とします。

にやりと笑いました。

「……確かに受け取ったわ」

まるで悪人。

こんな場面を他人に見られたら勘違いされること間違いなしなのです。

「というか何でこんな怪しい取引みたいなことしながら渡さなきゃいけないのですか」

別に同じクラスですし、教室で普通に渡せたのですけれども。

「ダメよ。こんなものを教室でもらったら騒ぎになるわ」

「こんなところで密会してるほうが騒ぎになる気がするのですが……」

「そのリスクに見合う物だもの。仕方ないわ」

「リスクに見合う……？」

頷く彼女が握る例のブツ。

わたしは首を傾げながら言いました。

「でもそれただのぬいぐるみですよ」

ぬいぐるみ。

より正確に言えば可愛い感じの子猫のキャラクターをモチーフにしたぬいぐるみであり、小さい女の子に特に人気の代物。

ミナさんに頼まれ、小さな女の子たちに紛れ込みながら先日買いにいった代物です。

別に年頃の女の子がぬいぐるみを持ってることくらい何も不思議なことではないと思いますけれども……。

「私がこんな可愛いものを所持しているだなんて知れたら、周りの生徒たちが驚いてしまうわ」

「考えすぎだと思いますけど……」

まあ確かに可愛いぬいぐるみを抱いているミナさんの様子は、らしくないといえばらしくありませんけれども。

しかし言い換えるならばそういうギャップもまた可愛らしくもあります。

「とにかく助かったわ。アヴィリア。ふふふふ……」

「いえ、どういたしましてなのです」

別にぬいぐるみを買っただけですし。「ではそろそろ帰るとしましょう——」

もういい時間です。

せっかくですし、帰りは一緒に寄り道でもいかがでしょう？　わたしは彼女に尋ねようとしながら顔を向けました。

「……っ！」

しかしそのとき私の視線が捉えたのは、緊迫した表情のミナさん。

「どうかしたのですか？」

「——しっ！　静かに！」

わたしの口を手で押さえるミナさん。

「むごもご」

なにをするのですか。

「……誰かが近づいてきてるわ！」

耳をすましてみれば確かに話し声と足音が徐々に大きくなってくるのがわずかながらに聞こえます。

どうやらこちらに近づいてきているようです。

「ダメ……！　このままでは私が可愛い物好きだとばれてしまうわ……！」

「むごもご」

別にいいじゃないですか。

「こっちに来て、アヴィリア」

「もごごご」

わたしの口を押さえたまま後ろに回り込んでずるずると引きずるミナさん。まるで隠密行動中のスパイのように鮮(あざ)やかな動きで彼女はそのままわたしをロッカーの中に連れ込みました。

「この中でやり過ごしましょう、アヴィリア」

「もがが」こんなところを見られたら騒ぎになるに違いないのです。

「大丈夫(だいじょうぶ)。ばれなければ問題ないから」

「むごごご」

犯罪者の思考回路じゃないですか！

わたしは口を押さえられたままそれからしばらく抗議しましたが、結局時既(すで)に遅し。

空き教室の扉はがらがらと開けられてしまいました。

○

空き教室にて。

みなさんこんにちは、サヤです。

「突然ですけどアムネシアさん。『ロッカーに二人で閉じ籠(こ)もるアレ』をご存じですか？」

「え？　ううん」

「まあ！　あの有名な『ロッカーに二人で閉じ籠もるアレ』をご存じでないのですか！　人生の八割損してますよ！」

「よくわかんないけど知らなくても人生でまったく損しないことだけはわかるわ」

呆(あき)れた様子のアムネシアさん。

損をしないだなんてとんでもない！　ぼくが日々読みふけっている必読の参考書（恋愛漫画）において『ロッカーに二人で閉じ籠もるアレ』でいちゃついたカップルは大体うまくいくと書いてあるというのに！

「仕方ないですね……、説明してあげますか」

「いえ別にいいけど……」

「いいですかー？『ロッカーに二人で閉じ籠もるアレ』というのはですねー」

そしてぼくは黒板に綴(つづ)りました。


――ロッカーに二人で閉じ籠もるアレとは。
1、まず親しい二人を空き教室に用意します。
2、第三者が来たタイミングでロッカーに二人で一緒に入ります。
3、距離が近くてどきどきする二人。

以上。

「まあこんな感じに、一般的にロッカーに二人で入ることで胸(むね)がどきどきして二人の距離が急接近！　な展開は結構多いんですー」

どうですか？　アムネシアさん。

どやっとしながら説明してみせたぼくに対するアムネシアさんの反応はこちら。

「うん。で？」

で？　ですと？

まったくもう！　鈍(にぶ)いにもほどがありますね！

「アムネシアさん、これらの事実を見てぼくの言いたいことがわからないんですか？」

ぺちぺち、と黒板を叩(たた)くぼく。

「言いたいことって言われても……」

うーん、と考え込むアムネシアさん。

やがて彼女は、はっとしながら顔をあげました。

「ま、まさかサヤさん……！」

「ふふふ……」わかっていただけましたか。

「わたしとの距離を急接近させたい……ってこと？」

「いやそういうわけじゃないです」

何言ってんですか。

「えー？　じゃあ何なのー？」

「察しが悪いですねー」

やれやれ。ぼくは言いました。

「いいですか？　ロッカーに二人で入る人たちは基本的には直前まで人に見せられないようなことをしていた場合が多いんですよ」

例えば恋人がいながら別の異性と密会していた人とか。

もしくは表では仲が悪いけど裏では超仲良しとか。

あとは危ない薬の裏取引とか。

これらの要因から導かれる事実は一つ。

「つまりロッカーに二人で入った段階で、何らかの事情を抱えている二人ということは明白ということです」

「はあ」

「つまり言い換えれば二人してロッカーから出て来れば相手がどんな人であっても傍目に見ればいかがわしい関係の二人に見えるということです！」

「いやそうはならないでしょ」

「例えばぼくとアムネシアさんが二人で一緒にロッカーから出てくるところを見られた場合、恐らく翌日からぼくたちは恋人同士か、怪しい裏取引をしてる二人に見えることでしょう」

「絶対そうはならないでしょ」

「つまりロッカーに二人で入るという行為は外堀を埋めるのと同等の効果が得られるのです……」

「話が飛躍しすぎでしょ……」

「ともかく！」

ばばん、と黒板を叩くぼく。「アムネシアさん。考えてみてください！　この方法を使えばどんなことでもできるようになるんですよ！」

「どんなことでも……？」

どゆこと？

と首を傾げるアムネシアさん。

「例えばぼくとイレイナさんが二人でロッカーから出てくるところを見られたとしましょう。翌日からぼくたちがどんな風に見られるようになるのか……わかりますね？」

「イレイナさんに限っては相手が誰でも怪しい裏取引してる相手としか捉えられない気がするわ」

遠い目をするアムネシアさん。

なんとなくですが彼女の頭の中に札束で顔を煽いでにやにやしているイレイナさんのお顔が浮かんでいるような気配がしました。

「ともかくぼくはこの手法を使って天下をとるんです……」

「絶対無理だと思うけど……」

「ということで今日はアムネシアさんには、実際にロッカーに二人で入ることができるかどうかを確かめてもらおうと思いまして」

ぼくは教室後方のロッカーまで歩みました。

大きさ的には問題ないと思うのですが、実際に二人で入ってみないとわからないものです。

というわけで今日はロケハン的な意味合いを含めてアムネシアさんをお呼びしたのです。

「えぇー……」

そして露骨(ろこつ)に嫌そうな反応を返してくるのがアムネシアさんでした。

「何嫌がってるんですか、アムネシアさん！　ちょっと入るだけですよ、ロッカーに」

「いや、二人でロッカーに入った人間がいかがわしい関係にあるみたいな話を散々(さんざん)されたあとで一緒に入りたくないわよ……」

「大丈夫です！　ちょっと入るだけですから！」

「でもそんな現場を目撃されたら勘違いされるわよ」

「ははは！　大丈夫ですよぉ。ロッカーから人間二人が出てきただけで騒(さわ)ぐのなんて頭がちょっと煩悩(ぼんのう)に支配されたアレな子だけですって」

「言ってることが支離滅裂(しりめつれつ)すぎない？」

さっきまで真逆のことを言っていたくせに……と目を細めるアムネシアさん。

そしてぼくは彼女を連れてロッカーに手をかけました。

「じゃ、アムネシアさん。試しにやってみましょー」

「まあ……別にいいけど」

「おっとアムネシアさん、乗り気ですね」

「乗り気じゃなくても強制するでしょ」

まあそうですけど。

「じゃあとっととやっちゃいましょう！」

「実は誰かが既に入ってたりして」

横でくすりと冗談を言うアムネシアさん。

「ははは！　まさかぁ」

ぼくは笑いながらロッカーを開きました。

「…………」

アヴィリアさんとミナの二人と目が合いました。

ぼくはロッカーを閉じました。

――何で、二人が、ロッカーに、隠れてるの……？

「あ、あああああアムネシアさん……！　大変なことになりました……！」

はわわ、はわわ、とぼくは震えながら、アムネシアさんの肩をつかみました。「ぼくの妹が……！

アムネシアさんの妹と……！　いかがわしいことしてます……！」

ロッカーに二人で入るということはつまりそういうことでは？

ぼくの知らないところで妹が何やら大人になってます！　ぎゃー！　ぼくははわはわとその場で騒ぐ羽目（はめ）になりました。

そしてそんなぼくを見つめつつ、アムネシアさんはため息を漏らしながら言うのです。

「あなた本当に言ってることが支離滅裂ね……」

第九章 雨宿り

雨もしたたるいい少女。

一体誰でしょう?

そう、私です。

「まったく……困りましたね」

ざあざあと雨が絶え間なく降り注ぐ中、私はため息を漏らしていました。

学校を出た辺りから怪しい雰囲気を醸し出していたので急いで家路についたのですけれども、雨雲はそれよりも早く私たちの頭上を覆ってしまっていたようです。

おかげで私もいったん、雨から身を隠す羽目になりました。

逃げ込んだ先は路上の隅っこにある廃業しいた店舗の屋根の下。ちょうど人が二人入れる程度の幅しかありません。

長らく上げた形跡のないシャッターの前に立ち、少し濡れた肩と髪をハンカチで拭いながら、私は再びため息一つ。

予報にない雨に街中が困惑しているように見えました。

全身が濡れることを覚悟の上で雨の中を全力で駆けている人がいました。準備がいいのか折りたたみ傘を差して悠然と歩いている人もいました。

「なんじゃなんじゃ……！　雨が降るなんて聞いておらんぞ！」

あるいは私と同じように雨宿りのために駆け込んだ方も一人おられました。

ずい、と雨の中から私の真横に飛び込んできたのは青白い髪の女性。

歳の頃は二十代。ブラウスにスカート一枚といった涼しげな装い。スタイルはよく、出ているところは出ていて、けれどお腹周りは痩せている――要はモデルのような体形をしているように見えました。

「やれやれ……」

ため息を漏らす彼女。

突然の理不尽に対するもやもやとした感情を抑えきれなかったのでしょう。彼女はそれから「まったく……天気予報は当てにならんな」と同意を求めるようにこちらを見つめてきました。

こちらをのぞき込むのは赤の瞳。

「そうですね」

まったく同意見です。

狭い屋根の下でぴったりと肩を添わせながら、私たちはそれからお互いに空を眺めました。

降り始めた雨は止む気配を見せません。それどころか空はどこまでも鉛色。

しばらく雨は続くことでしょう。

「…………」

「………」

私たちの間にあるのは沈黙だけでした。

それはまるで動くエレベーターの中で目的地に着くのを待っている乗客のよう。しかし私たちがいくら睨んだところで空が晴れ渡ることはありません。雨は尚も降り続けます。一体いつまで続くのでしょう。隣で彼女は腕を組みながら「まだかのう」とぼやきます。腕が当たりました。ついでに屋根から私が少しはみ出ました。私は「そうですねえ」と頷きながら彼女の方に少しだけ体重を傾けつつ屋根の中へと戻ります。「なんかおぬしちょっとこっちに寄ってきてない?」「え? 何のことですか?」私たちは穏やかに言葉を交わしました。それから私は静かに、しかしながら確かに思うのです。

せっま——。

ちょうど二人入れる程度の幅しかない、と先ほど独白したことを猛省しなければなりません。私たちが今立っているこの場所にはそんな余裕はなかったようです。

実際のところせいぜい1・5人分くらいの幅しかなかったのでしょう。

今も私と彼女はぴったりと肩をくっつけて並んでいるというのに、お互い若干屋根からはみ出しているのです。

おかげで片方の肩がお互い少しずつ濡れていました。

いやはやこれでは風邪をひいてしまいますね。

「やっぱりおぬしちょっとこっちに寄ってるって」

「そう言うあなたこそこちらに寄っていませんか？」

先ほどと同様に交わされる穏やかな会話の間で静かに火花が散り始めたような気がしました。

狭い場所に二人。いつだって争いは奪い合いから発展するものなのです。

「おぬし、ちょっと悪いんだけど、わらわこれから仕事あるから台本読んでてもいい？」

彼女は唐突にバッグの中から冊子を取り出しました。

仕事？　台本？

はてさて。

「ひょっとして役者さんなんですか？」

「んー？　ま、そんなところじゃのう……。おぬし、ルシェーラって知ってる？」

「ルシェーラ……」

頭の中でその名前を検索にかけました。どこかで見たことがある気がします。具体的に言えば家の中、テレビの向こうで。

ほどなくして思い出しました。

「ひょっとして最近ドラマに出てる役者さんですか」

確か数百年生きている竜人をテーマとした物語の主役として彼女を見た気がします。

「そう！　今をときめく大女優のルシェーラ様とはわらわのことじゃ……」無駄にしたり顔を浮か

べる彼女。

ついでにドラマの中でもこんな口調だった気がしますけれども。

「普段からそういうキャラなんですね」

「これも役作りの一環じゃ……」

「それはまあ随分と仕事熱心なことで」

お忙しい身なのか、雨が止むのを待つ間ですら仕事をしなければならないようです。彼女はそれから宣言通り台本を読み始めてしまいました。

こんな狭いところで読んだら濡れません？

疑問を抱く私。

「もしも邪魔だったら向こうの方の屋根に移動したほうがよいぞ」と言いながら彼女が指差すのは道の向かい側。

そこにはここと同じように屋根が一つ。

要約すると邪魔だからあっち行け、と言いたいのでしょう。

ですがこの場所を先にとっていたのは私の方。

「私は別に気になりませんけど。広い場所で仕事したいのでしたらあなたの方が移動してみては？」

「いやー。わらわ女優じゃからなー。ここで風邪ひいちゃうと仕事に響くしなー」

「私も風邪をひくと明日の学校に響きますので無理ですね」

「…………」

「…………」

穏やかに見つめ合う私たち。

この狭い屋根は私たちのどちらか一方のためにあるべきなのです。

彼女とは初対面ですが、しかしながら今、彼女が何を考えているのか、私には手に取るようにわかりました。

(なんじゃこいつ……とっとと退かんかい!)

多分大体こんなことを思っているのでしょう。

ですから私も独白を返します。

(絶対に退きませんから。むしろあなたの方が退いてくださいよ)

言葉を交わすことなく私たちはそうして肩を押し合いました。

降り続く雨の中、こうして私たちの静かな戦いが幕を開けたのです——。

○

「ゲームをしませんか」

提案するのは私。

「何じゃ?」

首を傾げるルシェーラさんに、私は淡々と説明しました。

「今から向かい合って、じゃんけんで負けたほうが一歩ずつ下がるんです」

狭い屋根の下、醜く場所を取り合い続けていても疲れるだけでしょう。ゆえにここは公平に、じゃんけんで負けた方からこの場を明け渡していくのです。

負けた方はこの場所を追放され、あとは向かい側でも別のところでも好きに行けばよろしい。

そういう戦いです。

目的はとてもシンプル。

「なるほどのう」

そして決着の付け方もとても単純。

私たちが取り合っている屋根の下は狭く、向かい合ったまま一歩でも下がれば雨に濡れるほかありません。

つまり勝負はたった一度のじゃんけんのみで決まるのです。

「いかがです？」

尋ねる私。

彼女はにやりと笑みを浮かべながら、体をこちらに向けました。

「負けても文句はなしじゃぞ？」その目は既に自らの勝利を見据えているかのようにも見えました。

自信満々。

そんな彼女と向かい合いながら、私は胸の前に拳を出します。

狭い空間の中、息がかかるほど近くにいる彼女の胸元にも拳が一つ。

そして目と目を合わせたその瞬間に、私たちは合図をすることなく互いに口を開いていました。

「さいしょはグー」

二つの声はそろい、拳が同時に揺(ゆ)れています。

「じゃんけん——」

ぽんっ。

そして出される私の手。

勝利をつかむために開かれた手はパー。

お相手は——ルシェーラさんの手はいかがでしょう。

私は視線を向け——。

「……!?」

驚愕(きょうがく)しました。

開かれていたのは指三つ。

グーでもチョキでもなければパーでもない。いい年こいた大人がやるべき範疇(はんちゅう)を超えているその手はグーチョキパー。

いかなるじゃんけんにおいても完全勝利できる無敵(むてき)の手だったのです。

「ふはははは！　バカめ！　これでわらわの勝利じゃ！」

「いや普通に反則なんですけど？」

わかりますよね？　大人なんですから。

「はーん？　おぬしルールを説明するときにそういう話ししたか？　グーチョキパーはダメって言ったか？」

「いや言いませんでしたけどそういうのは何となくわかるでしょう」

頰を膨らませる私。

すると彼女は肩にぽんと手を置き。

シリアスな表情で言いました。

「いいかおぬし？　大人の世界では『言わなくてもわかるよね？』は通用しないのじゃ……！」

「………」

「でも聞いたら聞いたで『は？　そんなのいちいち聞いてくるなよ』って顔をされるのが大人の世界なんじゃ……！」

「仕事でなんかあったんですか」

なんだかよくわかりませんけど芸事の世界は大変なんですね……。

「何はともあれ事前のルール説明を怠ったおぬしの敗北じゃ！　さあ一歩下がるがよい。そして雨の中にその身を晒すのじゃ！　ふはははははは！」

勝ち誇るルシェーラさん。

「大女優なのに情けない手で勝って恥ずかしくないんですか」

「うるさい」

いいから早く出ていかんかい。と言い募る彼女。

仕方ありませんね……。

「まあ負けたのは私ですし、ここは宣言通り、一歩下がるとしましょう」

「そうじゃそうじゃ」

頷くルシェーラさん。

私はそれからくるりと踵を返しました。

「ん？」

そしてそのまま一歩。

宣言通りに下がるのです。

「え、いや、おぬし、ちょっと――」

「えいっ」

ぽん、と私のお尻が勢いよく彼女にぶつかります。

事前のルール説明を怠っていたという指摘はもっともですね。負けたほうがその場で体を反転してはならないとは言っていないのですから。

結果、私によって押し出された彼女が雨の中に飛び出しました。

「絶対に許さんぞおぬしぃ……！」

ぐぬぬ、と背中の向こうで彼女が私を睨んでいました。

結局二人とも不正を働いたということで今回の勝負は無効となりました。

「あれれ？　おぬし、あそこ見てみろ！」

ほどなくして。

唐突に声をあげながら路上を指差すルシェーラさん。

「何ですか？」

私は首を傾げながら彼女が指し示す方向を見つめます。叩きつけるような雨。既に出来上がっているる水たまりの中心に、何やら見慣れないものが一つ落ちていました。

目を凝らす私。

その正体はすぐにわかりました。

「お札の束……！」

何ということでしょう。

そこそこの額のお札が束のまま路上に放置されていたのです！

「一体なぜあんなところにお札が……？」驚愕する私。

恐らく百万円程度はあるでしょう——テレビなどでよく見かける束と同じくらいの厚みに見えました。

「ひょっとしてさっき急いで帰っていたやつが落としていったのか……？」

私たちが二人並んで雨宿りを始めてから、確かに何度となく人が前を通り過ぎています。傘を差すことなく走り去っていく人影も何度も見かけました。

その中の誰かが落としていったとでもいうのでしょうか。

「どうするおぬし？　あれ、取りに行くか？」私の隣でルシェーラさんは真面目な表情を浮かべていました。

「ふむ……」

私もまた真面目な顔で考えていました。

取りに行くべきか、否か——ではありません。

（あれは罠なのでは……？）

冷静に考えてみましょう。

水たまりの中に札束が放置されることなどあるでしょうか？　この状況下で？　いえいえまさか。

見るからに怪しい雰囲気はまるで丸見えの落とし穴のよう。

誰かがお金を偶然落としてしまった可能性よりも、私とルシェーラさんが互いに相手を陥れようとしている現段階においては怪しさの方が勝ります。

ゆえに私は思考の末。

答えました。

「あ、私は別にいいです」

路上に札束が落ちてるなんて、普通に考えてあり得ないですよね。舐めないでいただきたいものです。

どうせあなたが用意したものでしょう？

私は勝ち誇った顔でルシェーラさんを見つめました。

直後です。

「そっか。おぬしが取りに行かないのなら、わらわが行くわ！」

驚くべきことに。信じがたいことに。

ルシェーラさんは自ら雨の中へと駆け出していました。

「……!!」

罠ではなかった、とでもいうのでしょうか。彼女は自らが濡れることを厭わず、札束へと向かいます。

私は自らの判断ミスを呪いました。罠かもしれないという先入観のせいで目先にあるお金が本物である可能性を自然と除外していたのです。

罠である可能性が圧倒的に高くても、誰かが落とした可能性はゼロではない。

本来、手を伸ばす理由はそれだけで十分なはずなのに……！

「……っ！　待ってください！」

気づけば私もまた、雨の中に飛び出していました。

今からでも遅くはないはず――ルシェーラさんの背中を追いかけ、走ります。

そして競走においては出遅れたほうが意外にも有利になることがあるものです。

「何じゃと……！」

私が追いかけてくるとは思っていなかったのでしょう。

のんびりと駆けていた彼女をあっという間に追い越して、そのまま私は札束のもとへと手を伸ばし。

摑みました。

「ふっふっふ。惜しかったですね、ルシェーラさん」

これで大金は私のもの——と掲げる私。

手の中にあったのは子供銀行券でした。

「…………」

子供銀行券。

要するにおもちゃでした。

「は？」

ぺらっぺらの紙切れ百枚を眺めながら唖然とする私。土砂降りの雨。あっという間に濡れる体。

顔を上げれば笑うルシェーラさんの姿が一つ。

「かかったな、バカめ！　わらわが走り出せば釣られて出てくると思っておったわ！」

既に彼女は安全地帯である屋根の下まで戻っていました。

何ということでしょう。

すべて彼女による捨身の策だったのです——！

「ふははは！　そのままずっと濡れるがいい！」

「ぐぬぬ」

二度目の勝負はこうして彼女の勝利というかたちで決着しました。

降り続ける雨の中。

私たちは互いに罠を張り合いながらも相手を屋根の下から追い出すために策を練り続けました。

「おっと、わらわったらうっかりサイン入り色紙を落としちゃったわい」例えばルシェーラさんがサイン入り色紙を雨の中に放り出すことで誘い出してみたり。

「あー、大変。うっかりパン屋の割引券を落としちゃいました」私であればパンを餌に誘き出してみたり。

しかしながら既に互いに騙し合ったせいで私たちはあらゆる物事に対して疑心暗鬼。

「…………」

「…………」

多少の罠にかかるようなことはありませんでした。張り巡らされた罠に対し、私たちは一歩も動かないまま見つめ合うばかり。

つまり私たちの戦いは、膠着状態。

「ぎゃあああああああああああっ！」

叫び声が街中に轟いたのは、そんな時のことでした。

「⁉」

驚きながら私たちは顔を向けます。

直後に驚きました。

雨の中、路上で。

そこに少女が一人、倒れていたのです。

「ぐえええええ……歩いていたら足が突然攣っちゃいました……。う、動けません……！」

レインコートを着込んだ彼女は助けを求めるようにこちらに手を伸ばしておりました。

ひどい痛みが彼女を襲っているのでしょう。雨の中、頬を伝う雫はこぼれ落ちる涙にも見えました。

名も知らぬ彼女は今、助けを求めています。

「……ルシェーラさん」

こんな時まで果たしてくだらない言い争いを続ける必要があるのでしょうか。

「……うむ」

一時休戦。

どちらから提案をしたというわけでもなく、自然な流れで私たちは協力関係になっていました。

そして私たちは二人並んで雨の中へと飛び出しました。

まずは怪我人の救助を最優先としたのです。

「大丈夫か！」

少女を抱き起こすルシェーラさん。

まずは安全な屋根の下へと避難させるべきだと判断した彼女はそれから私の方へと振り返り、「おぬし、手を貸せ！　二人で運ぶぞ！」と声を張りました。

ちなみに私は屋根の下でにやにやしながらルシェーラさんを眺めておりました。

「……あっれぇ？」

一緒に飛び出したはずじゃん。おぬしそこで何やってるん？　え？　今はそういう冗談とかしてる場合じゃなくない？

みたいな顔をしながら私を見つめるルシェーラさん。

そんな彼女の傍らで倒れていたレインコートの彼女は、やがてゆっくりと立ち上がります。

足が攣っていたのでは？　とお思いでしょう。

いえいえ。

「ご苦労様です、サヤさん」

私は迫真の演技をしてみせた彼女に賞賛の拍手を送っておりました。

「いえいえ。どういたしまして」

えへへ、と気恥ずかしそうに笑うのは我が友人。

サヤさんです。

「！　ま、まさかおぬし……！」

さぞ驚いたことでしょう。

にやりと笑いながら、私はルシェーラさんに残酷な真実を教えて差し上げました。

「そう――彼女に協力をお願いしたんですよ。路上で倒れてもらうようにね……！」

「な、なんじゃとォ……！」

そう。

すべては私による策略（さくりゃく）だったのです。ルシェーラさんと醜い争いをしながらもこっそりサヤさんに連絡をとり、雨の路上に倒れるようにお願いをしておいたのです。

あとは疑われないようにルシェーラさんと一緒に一瞬でも飛び出せば、彼女はサヤさんのもとへと走ってくれるだろうと思っていました。

まるで先ほど札束に釣られた私のように。

「いかがですか？　自身が過去に使った策に嵌（は）まったお気持ちは」

「ぐぬぬ」

雨の中で彼女は悔（くや）しがっておりました。

「……ていうかおぬし何で今の奴に傘頼まなかったの？」

「あ」

「ひょっとしておぬしも結構バカ？」

「ぐぬぬ」

○

雨は依然として止む気配はありませんでした。

「ぐああああああ！　助けてくれ！　突然足が攣ってしまった！」

若き大富豪が路上で倒れたのはその時でした。

「いやいやいや」

私たちの声はそろっていました。

若き大富豪て。

そんな人が都合よくその辺に転がってるわけないじゃないですか。バカにするのも大概にしてほしいですね。

「ルシェーラさん。ひょっとして私を嵌めようとしてます？」今度はお金持ちを助けに行かせようとしているんでしょう？

罠のバリエーションが乏しいですね。

「いやいや何をいう。あれはおぬしが用意した知人じゃろう？　同じ手には乗らんぞ」

「いえいえ」

「いやいや」

穏やかに牽制し合う私たち。

一方で路上に転がる若き大富豪は無駄に高級そうなスーツを身にまとい、そして無駄に高そうな腕時計をちらつかせながらこちらの方を見つめていました。

「そ、そこの君たち！　手を貸してはくれないか？　見ての通り足が攣ってしまって今動けないんだ！」

という罠ですよね？

知ってます。

「お、お礼はするから！　頼む！」

いやです。

ふい、とよそを向く私。

「その手には乗らんぞ？　えせ大富豪め！」

はんっ、と鼻を鳴らすルシェーラさん。

私たちの反応は極めて冷淡なものでした。とはいえそれも当然の話ではないでしょうか。どうせルシェーラさんが用意した偽物の大富豪に違いないのですから。

「おうおうおぬし。とっとと引き揚げさせた方がいいんじゃないか？　あのままだと風邪をひくぞ？」

隣で彼女は私に対してそんな風に促してはおりましたが、これもやはり演技に違いないのです。

「あなたの方こそ」

小突く私。

「こ、この人でなし共がああああああ！」

そんな合間にも叫ぶ若き大富豪。

で、いつになったらルシェーラさんは彼を引き揚げさせるんですか？

ちらりと視線を送る私。

「はよせんか」彼女もまた私を見つめておりました。

お互い一歩も引くことのない静かな攻防。路上で悲鳴をあげる若き大富豪をよそに私たちはまたもこう着状態に陥(おちい)りました。

そして概(おおむ)ねこういった状態に陥ったときに、事態を大きく変える出来事が起こるものなのです。

「——大丈夫ですか？」

私が気がついた時には既に、彼女はそこにいました。

倒れる若き大富豪の前で傘を差し、首を傾げるのは白髪(はくはつ)ショートカットの少女。

誰かと思えば我が友人の一人、

「アムネシアさん……！」でした。

彼女は道の隅っこの方にいる私とルシェーラさんに気づくことなく若き大富豪さんの足元にしゃがみました。

いやいやアムネシアさん。それルシェーラさんが用意した偽物ですよ。騙されないでください。

私が口を開くよりも早く、彼女は大富豪さんの足をとんとんと叩いて「足が攣ったならストレッチとかするといいですよー」とのんびりアドバイス。

「お、おおお……何だか痛みが軽くなってきた気がする……」

「それはよかったです。立てますか？」

はいどうぞ、とアムネシアさんは若き大富豪さんに手を差し出していました。

大富豪さんは手をとります。

「あ、ありがとう……君は優しいな……。まるで天使みたいだ」

「アムネシアっていいます」

「マイエンジェル……」

「あれ？　聞こえてなかったのかな……、アムネシアって言うんですけど……」

「君は僕の命の恩人。マイエンジェルだ」

「なんかへんなひと助けちゃったな……」

苦笑いを浮かべながらも彼を立たせてあげるアムネシアさん。

彼女の温かい優しさはそして天候を変えました。絶え間なく続いていた雨は突然止み、空は晴れ、そして穏やかな日差しが降り注ぎます。

「なんか晴れたんじゃが」

「アムネシアさんのおかげですね」

「んなあほな」

きょとんとするルシェーラさん。

一方で道の真ん中には天使もといアムネシアさんを熱く見つめる若き大富豪さんの姿がひとつ。

「君はとても優しいな……あちらの二人と違って」

「あちらの二人？」

どなた？　と首を傾げながらアムネシアさんはこちらを向きます。それから私に気づいて「あ、イレイナさんじゃん」と呆けた表情を見せてくれました。

「どうもどうも」

なんとなく気まずい雰囲気を感じながらも手を振る私。

若き大富豪さんは吐き捨てました。

「あの二人はとんでもない外道だ。気をつけたまえマイエンジェル」

「いやわたしマイエンジェルとかいう名前じゃないんですけど……」

「しかし本当に助かったよ。君のおかげで僕の命は救われた」

「いやいやそんな大袈裟な」

あはは、と謙遜してみせるアムネシアさんでした。が、若き大富豪さんは言葉で感謝を伝えるだけでは物足りなかったのでしょう。

懐から札束を出していました。

「これは感謝の気持ちだ。受け取ってくれ」

その厚さはおおよそ百万円。

「ええええええ⁉　い、いやいやいやいや……！　わたし、足をとんとんしてあげただけですし」

こんなのいらないですよ！　と戸惑うアムネシアさん。

「遠慮するところもマイエンジェル……」

「超意味わかんない……」

「この金の出処を心配しているのかい？　それなら問題ない。僕はヨーゼといってね、とある団体を運営しているおかげで金には困ってないんだ」

「とある団体？」

「そう。生と死について見識を深めるために設立した団体さ……」

「なんか、やばいひと助けちゃったな……」

結局それからヨーゼと名乗る若き大富豪とアムネシアさんは「どうぞどうぞ」「いえいえ」としばしお金を押し付け合ったのち、結局十万円渡すことで合意しました。

「十万円も受け取ってくれないなら我が団体に君の善行を広めるぞ」

「あ、じゃあもらいます」

というか半ば強制的に受け取らされたといったほうが正しいのかもしれませんけど。

ともかくそうして二人のやりとりは終わり、若き大富豪はなんかドアが上に開くタイプの高級外車をぶいぶい言わせて帰っていったのです。

私はとても驚いていました。

「まさか……本当に大富豪だったなんて……」

てっきり私はルシェーラさんが張った罠だと思っていたのです。

「くっ……！　惜しいことをしたのじゃ……！」悔しさを滲ませながら地面を叩くルシェーラさん。

疑心暗鬼が私たちに大きな後悔をもたらしていました。

私たちがもっと冷静であれば。

もう少しだけ私たちに善意が残っていれば。

若き大富豪を助けていたのは、私たちだったかもしれないのに――。

「……ふっ」

なんて、今更くどくどと言っても仕方がないですね。

私とルシェーラさんは互いに顔を見合わせて笑いました。

一歩踏み出してみれば暖かい空気が私たちを包みます。先ほどまでの雨がうそであったかのように晴れ渡った空の下、並んで歩く私たちの顔はとてもとても澄み切っていました。

「あ、イレイナさん」

ぽかーんとした表情のままこちらに緩く手を振るアムネシアさん。

そんな彼女の肩にルシェーラさんは手を置きました。

「ま、今回はおぬしに勝ちを譲ってやるとしよう」

「あなた誰ですか?」

ついでに反対側から私も手を置きました。

「なかなかやるじゃないですか、アムネシアさん」

「イレイナさんまで何なの」

こうして私とルシェーラさんは二人並んで歩くのです。

雨宿りは終わりました。

私たちが屋根の下で行っていた醜い争いもまた、終わりました。

「わらわとおぬし、今回は引き分けということにしておこう」

「私も同じことを言おうと思っていました」

そして私たちは「ふふふふふ……」などと不敵に笑い合います。

私とルシェーラさん。

どうやら私たちはほんの少しだけ気が合うようです。

○

翌日のことです。

「――くしゅんっ！」

布団の中でくしゃみをする美少女が一人おりました。

それは一体誰でしょう?

そう、私です。

「38度ぴったり。どう見ても風邪ね」

そして傍らにて呆れた表情を浮かべるのは私の母。

何とも情けないことに昨日の雨宿りのせいで私は風邪をひいてしまったようです。「今日は学校を休みなさい」という母の提案にぼんやりとした頭のままで頷き、そのままベッドに潜り込みました。

アムネシアさんやサヤさんにも休むことをメッセージで伝えたあとで、私はＳＮＳを開きます。

なんとなく、眠れなかったので。暇だったので。

退屈凌ぎに私は昨日出会った彼女の名前を、検索欄に打ち込んでいました。

彼女のアカウントを開きます。

最新の投稿はついさっき。

『いやじゃー‼　わらわ風邪ひいちゃったんじゃが⁉』

体温計の写真とともにベッドで寝込む彼女が「ひえー！」と泣きそうな顔をしておりました。お熱は38度ぴったり。どう見ても風邪です。

「…………」

いや……。

こんなところまで引き分けにならなくてもよかったんですけど……。

第十章　泉に物を落としたら出てくるタイプのサヤさん

SCHOOL STORY OF WANDERING WITCHES

学校の中庭に女子生徒が一人おりました。

髪は灰色、瞳は瑠璃色。歩く彼女の手には美味しそうなパンの包みが一つ。ちょうど今しがた購買で買ってきたばかりのもの。

「ふふふ……今日のお昼は至福のひとときになりそうですね……」

頬をほころばせながら彼女は包みを見つめました。

数量限定のクロワッサン。

購買でも稀にしか取り扱うことのない珍しいパン。毎日のように彼女が購買に顔を出しているのもひとえにこのクロワッサンのためと言っても過言ではありません。

ゆえに彼女はこの上ないほど上機嫌。

ふふふと笑いながら包みを眺めるお顔は幸福に満ちていました。

あるいは油断に満ちていたとも言えます。

「——わっ！」

中庭にある小さな池のそばに差し掛かったときのことです。

つるん、と彼女は足を滑らせ、転んでしまったのです。

石畳（いしだたみ）の上で尻餅（しりもち）をつく彼女。手に持っていたはずのパンの包みは彼女の手元を離れてくるくる宙（ちゅう）を舞い、吸い込まれるように池の中へぽちゃん、と落ちてしまいました。

「わ、私のパンが……！」

わかりやすいほどに幸福から不幸の底まで落ちた彼女は一体誰でしょう。

……そう、私です。

「そ、そんなぁ……」

池をのぞいてみればパンが水面にふわふわ浮かんでいます。

とても食べられそうにありません……。

無念（むねん）……。

「せっかく楽しみにしていたのに……」

一体どうしてこんなことに……。私はがっくりと肩（かた）を落としてから池に手を伸ばし、幸福をもたらしてくれるはずのパンからただの不法投棄物（ふほうとうきぶつ）へと変わったものを回収しました。

食べられないパンって燃えるゴミでいいんでしょうか。

びちゃびちゃのビニール袋を見つめながら私はため息を一つ。

そんなときです。

「イレイナさん……イレイナさん……」

池のそばから私を呼ぶ声。

誰ですか。私は視線をそちらに向けます。

立っていたのは墨のように黒い髪の同級生。

「サヤさん」

でした。

しかし彼女は慈愛に満ちた表情を浮かべながらゆるりと首を振ります。

「いえ、ぼくはサヤではありません――」

「いやサヤさんじゃないですか」

「ぼくは泉の精霊です――」

「ここ泉じゃなくてただの池ですよ」

「イレイナさん、今、泉に落とし物をしましたね……？」

「無視ですか」

「落としましたね？」

「……まあ、落としましたけど」

私は嘆息を漏らしながら頷きました。

すると彼女は両手をすっ、とこちらに掲げて語りかけます。

「あなたが落としたのは、この『サヤさんとデートできる券』ですか？　それとも『サヤさんとお出かけできる券』ですか」

「いえ、美味しいパンですけど」

ていうかそれ両方とも大体同じ意味じゃないですか。

べちゃべちゃになったパンの包みを見つつ呆れる私。

そして目を見開くサヤさん。

「おお！　何と正直な方でしょう！」彼女はすすす、と私の方まで寄ってくると、両手に持った券をぺたんと私に押し付けました。「正直なあなたにはこの券を両方ともあげましょう！」

「え……いらない……」

「よかったですねイレイナさん。これでいつでもどこでもぼくとデートし放題ですよ」

「別にいらない……」

私が欲しいのはパンなんですけど……。

ていうかそもそもよく一緒に出かけているじゃないですか。

「こんな物使ってたら私たちがいかがわしい関係だと思われかねないので結構です」

私は首を振りつつ二枚まとめてお返ししました。

要は拒否です。

「ふむふむ。そうですか」

てっきり強引にでも押し付けてくるものかと思いましたが、彼女は意外にもすんなりと受け取ってくれました。

「ところでイレイナさん」

「？　はい」

「あなたが落としたのはこの『サヤさんを一日独占できる券』ですか？　それとも『サヤさんが何

でも一つだけ言うことを聞く券』ですか？」

すすす、と新しい券を取り出すサヤさん。

「ひょっとしてこれ無限ループですか」

「おお！　何と正直な方でしょう！　正直者のイレイナさんにはこの券を両方とも差し上げます！」

「一回手に入れたら捨てられない呪いのアイテムですか……？」

「よかったですねイレイナさん！　これでいつでもどこでもぼくを服従させられますよ！」

いや……。

「いらない……」

「さあどうぞイレイナさん！」

「受け取り拒否したいんですけど」

「おっと所有権を放棄しますか？　捨てたらもっといいアイテムと交換しちゃいますけど、いいですか？」

「これ新手の脅迫か何かですか？」

ため息をつく私と目をきらきらとさせながら迫るサヤさんとのやりとりは、それからしばらく続きました。


後日。

「そういえばイレイナさん、この前あげた券、まだ使わないんですか？」

サヤさんを一日独占できる券。

サヤさんが何でも一つだけ言うことを聞く券。

結局私はその二枚の券を受け取ったのですが、恐らく使う気配が見受けられないことを不思議に思ったのでしょう。

放課後、サヤさんは私に首を傾げていました。

「ぼくはいつでも準備万全ですよ！　さあいつでも命令してください！」

いつでも命令してくださいと言われましても。

「あれもう私の手元にありませんよ」

「へっ？　捨てちゃったんですか？」

すすす、と自らの懐に手を入れるサヤさん。「捨てちゃったのなら新しい券を用意しなきゃいけませんね……」

「いえいえ捨ててはないので結構です」

「？　捨ててないのに手元にない？　どういうことですか？」

彼女は怪訝な表情を浮かべていました。

ちょうどその時のことです。

「――おい、サヤ。いるか」

がらがら、と教室の扉が開かれます。

現れたのはシーラ先生。

彼女は教室の一角で雑談していた私たちを捉えると、「おお、そこにいたか」と軽く手を上げます。

「シーラ先生？　どうかしたんですか？」とサヤさん。

「ちょっとお前に手伝ってもらいたいことがあるんだが。今いいか」

「先生……」

はぁー、と目を細めながらため息をつくサヤさん。

わかってないですねー、と表情が物語っていました。

「この状況を見てわからないんですかー？　ぼく、いま、手が離せないんですよ。イレイナさんといちゃつくのに忙しいので」

「そうなのかイレイナ」

「全然そんなことないです」

「そんなことないって言ってるけど」

ていうかどーせ暇だろ、とシーラ先生。

「暇じゃないですー！」駄々をこねる子供のように頬を膨らませるサヤさん。「ぼくはこれからイレイナさんと一日一緒にいなければならなくなる予定なんです！」

「ふうん。じゃあこれ使おうかな」

すっ——とシーラ先生は懐から二枚の券を取り出しました。

サヤさんを一日独占できる券。

サヤさんが何でも一つだけ言うことを聞く券。

その二つが彼女の手にありました。

「で、これのどっちを使ったらお前は私の手伝いをしてくれるんだ？　別に両方使ってやってもいいけど」

「な、なぜそれをシーラ先生が……！」

はわわわ、と驚きながらサヤさんは私を見つめます。

私は彼女の肩に手を置いて言いました。

「捨てられそうになかったので需要ありそうなところに売りました」

古来、捨てられないアイテムは人に押し付けるのが一番と相場が決まっているものです。幸い、サヤさんと仲の良いシーラ先生が券を欲しがっていたので無料でお渡ししたのです。

「じゃ、明日の授業の準備手伝ってくれるか？　サヤ」

教室まで足を踏み入れサヤさんの腕をつかむシーラ先生。

「あの、ちょっと待ってくださいシーラ先生！　その券はイレイナさんのために用意したもので――」

「さてどこまで働いてもらおうかなぁ」

そしてサヤさんはシーラ先生により連行されるのでした。

「いやああああああああああああああっ！」

自称泉の精霊ことサヤさんの叫び声が、放課後の学校にこだましました。

第十一章

全然当たらない一番くじ

「やってらんねぇのです――」

ある日の朝のことです。

教室の床で仰向けに寝転がっているよくわからない生き物がおりました。髪は白色、黒いリボンをしているロングヘア。瞳に生気はなく、手足に力もなく、脱力し切っています。

はてさて彼女は一体誰でしょう。

そう、アヴィリアさんです。

「一体、何なんですかこのザマは」

私とアムネシアさんが呼ばれてきた時には既に斯様な状態になっていました。陸に打ち上げられた魚ですか？

「どうしちゃったのアヴィリア……？」

心配するお姉さんことアムネシアさん。

私たちをここに連れてきたミナさんは、「登校中に色々あってこうなっちゃったの」と説明しました。

色々あって？

「アヴィリアさんにどんなハラスメントしたんですかミナさん」

「あなた私を何だと思ってるのよ」

ぽこん、と肩を叩かれました。

どうやらミナさんが直接的な原因ではないようです。では一体何があったというのでしょう？

「実は――」

それからミナさんはちらりとアヴィリアさんに視線を送りながらも語ります。ついさっき、コンビニで起きた悲劇を――。

「わあ！　見てくださいミナさん！」

アヴィリアさんとミナさんが二人で登校中のこと。

たまたま立ち寄ったコンビニで、アヴィリアさんの瞳は突然輝きました。「なに？」と首を傾げながら視線の先を追うミナさん。

そこにあったのは、両手で抱えられるくらいの大きなぬいぐるみ。近頃のコンビニは愛玩物まで陳列するようになったのでしょうか？　いえいえまさか。

『くじ引き　一回二千円』

どうやらコンビニでよくやっているくじの景品のようです。ぬいぐるみの他にもタオルや、グラス、お皿などの景品が合計数十個並べられておりました。

ちなみにアヴィリアさんが熱い視線を注いでいるぬいぐるみはA賞。

「欲しいならあとで一回引いてみたら？」荷物になるから学校帰りにまた来たらいいんじゃない、などと淡々と提案するミナさん。

アヴィリアさんは「そうですね」と頷きます。

「引いてみます。今」

「うん……え、今？」

「ミナさん。いいことを教えてあげます。くじはタイミングが大事なのです。今、引かなければもしかしたらぬいぐるみが他の人にとられてしまうかもしれません……！」

「いや……Ａ賞だし、一個しかないし……多分しばらく大丈夫だと思うけど」確率的にいえばそうそう簡単にとられないはずです。

しかし本人がやりたいというのであれば止める理由もありません。ミナさんは頷きました。

「ま、じゃあ運試しで一回引いてみたら」

「ミナさん」

「うん」

「ここにわたしのお小遣いの一万円があります」

「アヴィリア？」

「そしてくじ引きは一回二千円です」

「うん」

「つまり五回までは大丈夫なのです」

「アヴィリア？」

「大丈夫なのです。当たった時点で止めれば一万円全部使うようなことにはならないのです」

ミナさんはここでよくない気配を感じ取りました。脳裏によぎるのは「大丈夫！　ほどよいところで止めるから！」などと語りながらも有り金全部突っ込み、真っ白に燃え尽きるダメな人間の姿。

「心配しないでください。わたしはギャンブルにハマる大人たちのようにはならないのです」

いや皆そう言うのよ——と静かに思うミナさんをよそに、アヴィリアさんはくじ引きの券を一枚だけ引っ張り、レジへと持っていきました。

「わたし、やってやるのです——！」

それではここで一万円を握りしめたアヴィリアさんとくじ引きの凄絶な戦いの様子をご覧に入れましょう。

一回目。

『F賞　ティッシュ』

「ほぎゃあああああああっ!!」

二回目。

『F賞　ティッシュ』

「いやあああああああああああっ!!」

以下略。

『F賞　ティッシュ』

「……………………………………」

アヴィリアさんは無言で学校に着きました。

そして今に至ります。

「えへへへへ……」

すべてを諦めた表情で天井を見つめるアヴィリアさん。

ていうか今更ですけどコンビニのくじ引きで二千円って結構高めですよね。普段見かけるものはもう少し控えめな値段設定だったと思いますけれども。

「私もよくわからないけれど、結構有名なメーカーとコラボしてるくじ引きらしいわ」

首を傾げる私にミナさんが説明してくれました。

そういうことでしたか。

「……で、朝からティッシュを抱えて登校する羽目になったということですか」

ちなみにティッシュといってもくじ引きのはずれでよくあるポケットティッシュではありません。

箱ティッシュ２００枚×５のセットです。

「さっきからアヴィリアの横に大量のティッシュが置いてあるから何だろうと思ってたけどそういうことだったのね」

遠い目をしているアヴィリアさんの傍らに目を向けるアムネシアさん。

Ｆ賞を合計五回当てたため計25個の箱ティッシュがアヴィリアさんの近くに積み上げられていました。まるで発注の数を間違えた業者のよう。

「えへへ……へへ……いっぱいティッシュあるから涙が出ても大丈夫なのです……」

おもむろに起き上がりながらアヴィリアさんはティッシュを手に取りはなをかみます。

心壊れちゃってるじゃないですか……。

「どうしたらいいのこれ」

何とかしてよ、と私に肘を押し付けてくるミナさん。

いや何とかしろと言われましても……。

「正直お小遣いを無駄に散らしたアヴィリアさんの自業自得なところもありますし……」

「えへへへ……」アヴィリアさんはその場でティッシュの箱をがさがさと漁りながら言葉を漏らし始めます。「アヴィリアちゃんは一万円を持ってコンビニへとお使いにいき、200枚入りのティッシュが5つ入った箱を合計5個買いました」

「なんか計算問題始めたんですけど」

「このとき流した涙の値段はいくらでしょう?」

全然計算問題じゃなかったです。何言ってんですか彼女。

「正解はプライスレスなのです……!」

ちーん、とはなをかんだのちに彼女はそれから普通に悔し泣きをしました。

もはや今になって後悔をしても返品することは叶わず、それどころか結果として他の人がぬいぐるみを手に入れる確率をいたずらに上げてしまったのです。

「もうくじ引きなんてこりごりなのです!」

彼女がそのように思いたくなるのも無理ない話ではないでしょうか。

「――なんだかかわいそうだわ」

アヴィリアさんの惨状を見せられたあとのこと。

教室へと戻る最中、アムネシアさんは嘆息を漏らしながら私に語りました。「アヴィリアって今までくじ引きみたいなものに手を出したことないのよ」

「そうなんですか」

「むしろ見るたびに『あんなの当たるわけないからやるだけ無駄なのです』って言ってたような気がするわ」

「まあでも欲しいものがくじ引きになったら手を出したくもなるものですよ」

私は今のところそういったものに巡り合ったことがないので浪費せずに済んでいますけれども。

「……わたしが代わりに引いてきてあげよっかな」

「別にそこまでしてあげなくてもいいんじゃないですか」

いくらかかるかわかりませんし。

「うーん……。でも、今ネットで調べてみたんだけど、わたしB賞のグラスちょっと欲しいんだよね……」えへへ、と画面をこちらに見せるアムネシアさん。

可愛らしい柄のグラスが公式サイトに載っていました。

つまりくじ引きに興味を引かれているのは妹のためであり自身のためでもあるということですか。

「軍資金はあるんですか」

結構高めのくじ引きみたいですけど。

首を傾げる私に対して、アムネシアさんは懐から財布(さいふ)を取り出して見せてくれました。

「今こんな感じ」

「ふむふむ」

のぞき込む私。

………。


「あの、二千円しかないように見えるんですけど……」

「今月ちょっと色々買いすぎちゃって……」

「はあ……」

よくその財布の中身で代わりに買うだなんて言えましたね……。

「まってイレイナさん。呆(あき)れないで」

「いや呆れてはいませんけど」

「そ、そう……?」

「でも計画性はないですよね」

「ちょっと呆れてるじゃん！」

もー！　と頬(ほお)を膨(ふく)らませるアムネシアさん。しかし拗(す)ねている彼女には申し訳ないのですが、二千円ではくじ引きも一回が限度。

これではお宅にティッシュがいたずらに増えるだけなのでは？

「一応言っておきますけれども、お金は貸しませんからね」

「別に貸してほしいなんて言ってないわよ」先手を打った私に対してアムネシアさんはくすりと笑いながら答えました。「くじ引きをアヴィリアの代わりにやってあげるために、ちょっと今日の放課後にアルバイトをしようと思うの」

「アルバイトですか」

「で、手に入れた軍資金で明日の放課後、改めてくじ引きをしてあげるつもりよ！」

落ち込む妹の姿を見ていられなかったのでしょう。

こうして心優しいアムネシアさんは、妹のために立ち上がったのです——。

一日で稼げる金額はせいぜい数千円程度な気もしますけれども……。

「イレイナさん、明日の放課後は期待して待っててね！」

「はい」

そして翌日の放課後。

「とりあえず五万円手に入れたわ」

「はい？」

封筒片手ににこりと笑うのはアムネシアさん。

確かに紛れもなくその手にあるのは五万円。

……五万円？

一日で？

…………。

私はアムネシアさんの肩に手を置きました。

「自首してください……」

「何で⁉」

一体何をしたんですか？　ひょっとしてお年寄り相手に高額商品を売りつけたんですか。それとも何か窃盗でもしたんですか。ともかくよくないことをしたのですね。そうでしょう。

「いや、あの、普通に働いて手に入れた給料だから安心して、イレイナさん。綺麗なお金だから」

「ほんとですかぁ……？」

じとりと目を細める私。

それから彼女は昨日の放課後に行ったアルバイトに関して詳らかに語ってくれました。

曰くこのような感じで五万円を稼ぐに至ったそうです。


「よろしくおねがいしまーす」

普通に駅前でティッシュを配るアムネシアさん。昨日はどうやらティッシュ配りのアルバイトを選んだそうです。つくづくティッシュに縁がある姉妹ですね。

それはさておき。

「――あれれ？　何か落ちてる」

アルバイトの最中にアムネシアさんはしゃがみ込みます。

道路の真ん中。そこに落ちていたのは財布でした。

「わ、大変！」

私であればここで『地球が私の家なのでつまりこれは家の中に落ちていたものであり私のものということになります』というエキセントリックな解釈で懐に収めるかもしれませんが、心優しいアムネシアさんはどうやら正直に持ち主のもとへ届けるという選択をしたようです。

そのまま交番へと向かう彼女。

「おおっ！　その財布はわしのじゃ！　君が届けてくれたのか！」

運がいいことにアムネシアさんが伺ったタイミングで持ち主の方と鉢合わせになりました。

それから初老の男性は正直者の彼女にいたく感謝し、

「ぜひお礼をさせてくれ。君にこれをあげよう」

そして財布の中にあったお金のすべて、つまり五万円を彼女に手渡したのです。

めでたしめでたし。

「——という経緯で五万円手に入れたの」

「どんな幸運……？」

常日頃からいいことをしていると思わぬ幸運に恵まれるということなのかもしれません。私も見習わねばなりませんね。うそですけど。

「ま、経緯はさておき、とりあえずお金は手に入ったんだし、これでくじ引きに行けるわね！」

嬉しそうに笑うアムネシアさん。

その目は希望に満ちていました。

五万円あれば最大25回はくじを引けるわけで、それだけ引けばどこかでA賞を当てることもできましょう。

というわけで私とアムネシアさんは早速、通学路の途中にあるコンビニへと向かいました。

幸いなことにアヴィリアさんが仰向けに寝込むほど欲しがっていたA賞のぬいぐるみは依然としてお店の中で健在でした。

そしてアムネシアさんが密かに狙っているグラスはあと一つ。

「……アレね」

鋭い視線で睨むアムネシアさん。

彼女はそれから私に振り返り、

「イレイナさん、見ててね。わたし、ぬいぐるみとグラス、両方手に入れてみせるから」

そして意気揚々とくじ引きの券を引き抜き、歩き出します。

それではここでアムネシアさんとくじ引きの凄絶な戦いの記録をご覧に入れましょう。

一回目。

『C賞　お皿』

「わあC賞だってイレイナさん！　幸先いいかも！」

二回目。

『D賞　タオル』

「可愛い！　普段使いできそうね」

三回目。

『D賞　タオル』

「二つあればアヴィリアと二人で使えるわね！」

四回目。

『E賞　コースター』

「いいわね！　グラスと合わせて使いたいかも！」

五回目。

『E賞　コースター』

「あ、またコースターだ」

六回目。

『E賞　コースター』

「なんか多いね」

七回目。

『E賞　コースター』

「……あれ？」

八回目。

『E賞　コースター』

「…………………………………………………………………………………………」

以下略。

『F賞　ティッシュ』

「あはは……はは……ちょうどいま欲しかったところなんだよね……」

以上。

そして翌日。

「――やってらんねえのです」

「――ほんとにね」

教室の床で仰向けに寝転がっているよくわからない生き物が増えました。

経緯は説明するまでもないですね。

「お姉さんの方もダメだったのね」

並んで天井を眺めているアムネシアさんとアヴィリアさんを見つめながらミナさんは嘆息を漏らしていました。

五万円も使えばグラスかぬいぐるみの片方は手に入るだろうと思っていたんですけどね――。

「現実は厳しいものですね……」

まさか両方とも手に入らないとは思いもしませんでした。

たった二日で合計六万円を散らしてしまった白髪(はくはつ)の姉妹(しまい)は顔から表情を失いぼけーっとしなが

ら天井を眺めています。もはや今日一日何もする気が起きないのでしょう。

「――帰りてぇのです」

「――わかるー」

教室の隅っこでごろごろする二人。

とても残念なことに、今朝、私たちがコンビニへと赴いた段階でA賞もB賞も棚から姿を消しておりました。

アムネシアさんが五万円を使い果たしたあと、どなたかが引き当てたのでしょう。

「――ううう……ぬいぐるみが……欲しいのです……」

「――グラス欲しかったなぁ……」

つまり言い換えるとお二人はどこかの誰かがA賞とB賞を引き当てるための確率をいたずらにあげ続けてしまったということです。

まったく悲しいお話ですね。

私は二人のすぐそばに腰を下ろしました。

「……お二人とも」

ところで話は変わりますけれども、A賞とB賞を当てた幸運な方とは一体誰でしょう?

「これをどうぞ」

そう、私です。

すっ――と二人の頭のすぐそば。

大きなぬいぐるみと、可愛いグラスがありました。

「……⁉」

二人は驚き、目を見開きます。

「い、イレイナさん……⁉　何なのですかこれは、どうしたのですか⁉」アヴィリアさんは途端に顔をあげてぬいぐるみを抱きしめ。

「い、いつの間に当てたの……⁉　ひょっとして何か悪いこととか……してないよね……？」

目の前の現実が信じられずにアムネシアさんはあわあわとしておりました。

いえいえ。

「実はたまたま私の方で手に入れたんです。別にいらないものですので、あげます」

私は首を振りつつちょっとした物語を語りました。

昨晩、たまたまコンビニに行ったらくじ引きが残り二つだけになっており、しかもA賞とB賞のみ。それならばと思い二回、くじを引いてみただけのこと。

私は特にいらないので、お二人にあげましょう。

そんな言い訳を語りました。

喜ぶ二人に対して。

「…………」

そして私のそばで苦笑を浮かべているミナさんに対して。

昨日の夜のことを振り返ってみましょう。

アムネシアさんが盛大に五万円を散らしたあと。

私は再びコンビニへと舞い戻っていました。

店内を見渡すとくじ売り場はほとんど閑散としており、残っているのはA賞とB賞、それから他にもいくつか。合計七個ほど。

いやはやまだだいぶん残っていますね。

私は運試し程度にくじ引きをいたしました。

「おお……」

そして見事、A賞とB賞を引き当てることができたのです。何たる豪運。やはり日頃の行いが良いせいでしょうか。

私は上機嫌になりながらお店をあとにしました。

「――何してるの」

「ぎくり」

声をかけられたのはそうしてコンビニから出た直後のことでした。

景品を入れた袋をとっさに背後に隠しながら、私は振り返ります。どなたなのかは声でわかりました。

「ミナさん」

彼女は私の呼びかけに「ええ」と頷きつつも、

「何してるの？　こんな時間に」と再び尋ねます。

「あなたの方こそ何してるんですか」

「暇だからジュース買いにきただけ」

「そうですか」

「ええ」短く返すミナさん。彼女はそれから「イレイナは何買ったの」と首を伸ばして、私の背後をのぞき込みました。

「いえ別に」

などと言い訳のように語りながら袋の中身を隠そうとしましたが、大きさ的にも量的にも簡単に隠せるようなものではありませんでした。

袋の中には景品が詰め込まれています。

A賞、B賞、それからいくつかの景品が——合計七つほど、詰め込まれています。

彼女は苦笑していました。

「優しいのね」

何を言い出すかと思えば。

私は肩をすくめたのち。

人差し指を自らの唇に添えて、語るのです。

「たまたま手に入れただけです」

第十二章

ラブコメでよくみるアレ：着替えてる最中に部屋に入っちゃうやつ

SCHOOL STORY OF WANDERING WITCHES

みなさんこんにちは、サヤです。

突然ですけど皆さんは古今東西のラブコメディにおいて古くから使われている様式美――着替えてる最中に部屋に入っちゃうアレをご存じですか？

え？　ご存じでない？

仕方ないですねー。じゃあぼくがやり方を簡単に説明して差し上げましょう。

――着替えてる最中に部屋に入っちゃうアレのやり方。

1、まず空き教室と何らかの事情で着替える必要がある女子生徒を一人用意します。

2、空き教室で着替えているところにもう一人の生徒がうっかり入ってきます。

3、着替えをうっかり見られてはわはわする展開に。

4、なんやかんやでフォーリンラブ。

はい。

大体こんな感じです。古今東西のラブコメディにおいてこのような展開は古くから使いまわされ既に手垢でべったべた。とにもかくにも慣れ親しんだ展開といえましょう。

そして往々にしてこういう展開に陥った二人はそれから決闘をすることになったり、着替えをのぞいちゃった責任をとるために何やら色々やらされたり、まあ紆余曲折を経て結ばれるような展開になりうるものなのです。

　というようなことを例によって信頼と実績の参考文献（ラブコメ本）から学んだぼくは、一つ閃きました。

　これをぼくとイレイナさんでやった場合、果たしてどのようなことが起こるでしょう。想像してみましょう。イマジン。

「いやー、掃除中にばけつがひっくり返ってびしょ濡れになっちゃいましたー」

　へくちっ、と空き教室でくしゃみを炸裂させるぼく。上着を脱いで、畳んで、ぽん、とその辺に置きました。

　さすがに着替えは学校には持ってきていません。

　幸い、掃除のあとは帰るだけ。生活において何も支障はありませんが、帰り道をジャージ姿で歩く羽目になることは確定で、ぼくはため息をついてしまいます。

　そんなときのこと。

　がらがらがら。

　扉が開かれます。

　そして向こうからひょっこり現れるのはイレイナさん。

「はわわ」

彼女はぽかんと口を開けて硬直(こうちょく)していました。

何ということでしょう！　ぼくはうっかり鍵(かぎ)をかけ忘れてしまっていたのです！

「きゃーっ！　イレイナさんのえっち！」

そしてなんやかんやでイレイナさんはぼくの着替えをのぞいてしまったことの責任をとるためにあれこれ色々とやる羽目になり、それから紆余曲折ありゴールイン。

「完璧(かんぺき)すぎる……」

ばしゃあああああっ、と頭から水をかぶりながらぼくは呟(つぶや)きました。

何と完璧な作戦でしょう。もはやぼくの頭の中ではイレイナさんとマイホームを購入(こうにゅう)しに行くところまで話は進んでいます。

それでは空き教室で着替えることとしましょう――。

○

「へくちっ」

お姉(ねえ)ちゃんがブレザーを脱ぎながらくしゃみをしました。

わあ可愛(かわい)らしいお声、などと思っている場合ではありませんね。わたしは「大丈夫(だいじょうぶ)ですか」と心配しつつタオルを差し出します。

「うん、ありがと。アヴィリア」

「いえいえ、元はといえばわたしが悪いのです」

ごめんなさい、と頭を下げるわたし。

帰りのHRの直前。お掃除の時間についうっかり階段の近くでつまずき、ばけつを放り投げてしまったのです。

そして運の悪いことに、そのとき丁度お姉ちゃんが階段を上がっている最中であり。ばけつはまさしく吸い込まれるようにお姉ちゃんの頭にすぽんと落ち。結果お姉ちゃんは全身水浸しになってしまったのです。

あわあわと慌てながらわたしは空き教室までお姉ちゃんを誘導して今に至ります。

「まあアヴィリアに怪我がなくてよかったわ」

濡れた身体をタオルで拭きながらお姉ちゃんは朗らかに笑っていました。眩しすぎる……。

「お姉ちゃん……今回の責任をとってわたしは生涯お姉ちゃんについていくのです……」

「お、重いなぁ……」

別に気にしなくていいわよ。とお姉ちゃんは呆れた様子で言いました。

「いえいえ、そういうわけにもいかないのです。お姉ちゃんに迷惑をかけることになるなんて……。妹の名折れなのです」

「妹の名折れってなに……？」

呆れるお姉ちゃん。「ま、とりあえず今日はもう帰るだけだし、ジャージに着替えるわね」

言いながらバッグから取り出すのは体育の授業で使っているジャージ。ふわっといい香りが漂いました。

「うっ……うう……」

そしてわたしは気づけば涙を流していました。

「あ、アヴィリア……？」

きゅ、急にどうしたの……？　と心配そうにわたしをのぞくお姉ちゃん。

わたしは答えます。

「いついかなる場合であってもお姉ちゃんには綺麗な格好でいてほしいのです。ジャージ姿で家路につくなんて言語道断なのです！」

がしっ、と着替えてる最中のお姉ちゃんの肩に手を置くわたし。

「あのう……。わたし着替えたいんだけど……？」

「いえ、ジャージなんてダメなのです、お姉ちゃん」

すぱぁん！　とお姉ちゃんからジャージを没収するわたし。

「ええー？」

「やっぱりここは別の衣装にしましょう！」

「別の衣装ってなに」

戸惑うお姉ちゃん。

わたしは自身のバッグから衣装をすぱぁん！　と取り出しながら言いました。

「これです！」

メイド服！

「何でそんなの持ち歩いてるわけ？」

「まあ細かいことはいいじゃないですかお姉ちゃん」

「全然細かいことじゃない気がするけど」

「ともかくこれを着てください！　お姉ちゃん！　これを着て一緒に帰りましょう」

「いやジャージ姿の方がましなんだけど――」

「細かいことはいいじゃないですかお姉ちゃん」

「だから全然細かくないってば……！」

嫌がるお姉ちゃん。

わたしはぐいぐい、とメイド服を押し付けます。多分このときのわたしはそれなりにぎらぎらとした目をしていたような気がしますが、これもジャージ姿で帰宅などという恥ずかしい体験をお姉ちゃんにさせないためです。致し方ありません。

「仕方ないなぁ……」

結局お姉ちゃんはわたしの要望に応え、メイド服を受け取ってくれました。

が、しかし。

「あ、あれ……？」

スカートをはいて、ブラウスに袖を通してボタンを留め始めたところでお姉ちゃんの動きが止まります。

「胸元が……ちょっときつい、かも」

「……！」

何ということでしょう。わたしのために用意したメイド服（そういえば胸元がちょっときつかった気がします！）がお姉ちゃんには合っていなかったようです（わたしのサイズにも合ってませんでした！）。

これは由々しき事態。

このままではお姉ちゃんがメイド服を中途半端に着たまま学校を出なければなりません。そんな破廉恥な展開、わたしは許容できません。

「頑張ってください、お姉ちゃん！　気合を入れれば着られるはずです！」

ぐぐいっ、とボタンに手をかけるわたし。

「そ、そんなこと言われてもきついわよ……」

「きつくないです！」

「いや、あんまり引っ張らないで……？　メイド服、破れちゃうわよ？」

「大丈夫です！　わたしに任せてください！」

ぐぐぐぐぐ、と無理やり引っ張るわたし。

ところで話は変わりますが、こんな状況を誰かに見られたら、わたしは一体どのように説明をすればいいのでしょうか。

などと思い至ったときのこと。

がらがらがら。

教室の扉が突然開かれました。

その向こうにいたのはサヤさん。

「えっ」

彼女はわたしたちを見ながら唖然としていました。

思考は完全に固まり、頭の中が真っ白になっているのが傍目にもわかります。

「…………」

そしてサヤさんの様子を冷静に見つめながら、わたしもまた平静さを取り戻しました。

空き教室。メイド服を着ている姉。ボタンに手をかけるわたし。

……一体わたしたちは何をやっているのですか。

「…………」

二人そろって顔を真っ赤にしながら俯くわたしたちでした。

サヤさんには変な誤解を与えてしまったようです。

「お、お邪魔しました……」

がらがらがら。

彼女は蚊の鳴くようなとてもとても小さな声で呟きながら、ゆっくりと扉を閉めてしまいました。

はわわ。

「ま、ままま待ってくださいなのです！」

結局それから誤解が解けるまでわたしたちはそれなりの時間を要することとなりました。

○

いつもの通学路を歩む美少女が一人おりました。

それは一体誰でしょう？

そう、私です。

「今日はいつもと様子が違いますね？」

通学路の途中。首を傾げる私でした。

いつもの時間帯であれば大体学校の近くでアムネシアさん、アヴィリアさん。それからサヤさん、ミナさんの四人と合流するのですけれども。

「どうもなのです」

「おはよ」

今日はアヴィリアさん、それからミナさんの二人だけ。

はてこれは一体どういうことで？

「お二人とも、お姉さんはどうしたんですか」

ひょっとして置いてきちゃったんですか？　姉妹喧嘩か何かですか？

心配する私でしたが、二人はそろって首を振りながら答えます。

「風邪ひいたの」『風邪なのです」

などと。

「風邪、ですか……」まあ冬場は冷え込みますからね。「二人とも？」

「ええ」『なのです」

「でも昨日までは元気だったような気がしましたけど」

原因は一体何なんですか？

「頭から水をかぶったのよ」『頭から水をかぶったのです」

「ほうほうなるほど」わけわかんない理由ですね。「二人とも？」

「ええ」『なのです」

「そうですか……」

二人そろってなにやってんですか……？

呆れながら私は今日もいつも通りに学校へと向かうのでした。

わたくしはあなたを見守る者。

いつでも、どこでも、登校から下校まで、朝から晩まで、わたくしはいつでもあなたを見守っている。

あなたは花。

荒野(こうや)で揺(ゆ)れる美しい花。

決して折れることなく、孤高(ここう)に咲き続ける美しい花。誰もがあなたの美しさを知っている。晴れの日も、雨の日も、嵐の日も、あなたの美しさはいつでも変わらない。わたくしにとって唯一無二(ゆいいつむに)の存在。

けれど美しさはやがて朽(く)ちていくもの。

花は枯(か)れるもの。

わたくしはあなたの美しさが人知れずなくなってしまうことが耐(た)えられない。

だからせめて散る前にわたくしがあなたを摘(つ)み取り、乾(かわ)かしてドライフラワーにして、ガラス瓶(びん)に詰(つ)めて、オイルに浸(ひた)して、とてもとても綺麗(きれい)なハーバリウムに仕立て上げたい。

そうして末長(すえなが)くあなたをいつでもそばに置いておきたい。

わたくしにとってあなたがすべてだから。


で、その美しいお花とは一体どなたのことでしょう?

そう、私です。

「わあ……」

朝のことです。

下駄箱に立った私を迎えたのはこうした奇妙な一通のお手紙でした。

開いてみれば斯様なお手紙と、その脇に『お前をこうしてやるぞ』とでも言いたげなハーバリウムが一つ置かれていました。たぶんお手製。『イレイナ様へ』としっかり綴られておりましたし。

何はともあれ私はどうやら朝からお手紙を受け取ってしまったようです。

やれやれモテる女性はつらいですね。

「どしたんすかイレイナさん」

ひょこっと横から顔をのぞかせるサヤさん。

私は言いました。

「なんか脅迫状が届いたんですけど」

ラブレターの類いならまだしも、危害を加えるような旨を綴ったお手紙をもらうのは初めてなんですけど。

本当に、モテる女性はつらいですね……!

「うわあ……こいつぁ相当ヤってますねぇ……」

教室へと着いた直後に私は件のお手紙をサヤさんとアムネシアさんの二人に見せました。

私は脅迫状だと思うのですけど、間違いないですよね？

「なにこの手紙……こわ……」頷くアムネシアさん。

「花が散る前にドライフラワーにしてハーバリウムにするってこれ要するに犯行予告じゃないっすか。マッドで危険な思考回路の生徒に違いないですよこれ」

サヤさんは顔面蒼白になりながら同意しました。

やはり脅迫状でしたか……。

「でも一体なぜ……？　私、誰かの恨みを買うようなことをしましたっけ……？」

普段の言動を振り返る私。

脳裏に浮かび上がるのは美しすぎて眩しい美少女。誰もがひれ伏し、たとえちょっとグレーなことをやっても「ま、可愛いからいっか！」で済まされる私にとって、まあまあ都合のいい世界。

いやあこんな世界の中で私が恨みを買うだなんて。

「ないと思うんですけどねぇ……」激しく同意するサヤさん。

「ですよね」頷く私。

「ちょくちょくありそうだと思うのはわたしだけみたいね」そんな私たちをアムネシアさんは白けた表情で眺めておりました。

それはさておき。

脅迫状の内容を読む限りでは、私のことをおはようからおやすみまで監視しているみたいですけれども……。

「でも確かに、思い返してみれば最近ちょっと誰かに監視されているような視線を時々感じるんですよね……」

ひょっとしてその視線の主が脅迫犯、ということでしょうか？

ふむ、と考える私に対してサヤさんは首を傾げました。

「おかしいですね……ぼくが普段見守っている限りでは、怪しい人影がイレイナさんの跡をつけ回っている感じはないんですけど」

「そうなんですか……」

「イレイナさん大変なセリフをスルーしてるわよ」サヤさんなにしてるのよ……と目を細めるアムネシアさん。

サヤさんでも感知できないほど遠くから監視されているということでしょうか？

何はともあれしばらくは用心した方がよさそうですね。

摘み取られてオイル漬けにされるのは御免ですし。

「とりあえずこれからしばらくイレイナさんのことをじっくりねっとり見守りますね！」

「お願いします」

「ねえ犯人ってサヤさんなんじゃない？」

こうして私たち三人の朝はのんびりとした空気のままスタートしました。

○

みなさまごきげんよう。

わたくしの名前はプリシラ。

高校一年生。

でも今は二年生の教室の前におりますの。学生にとっては一つ上の学年の教室なんて滅多なことがない限りはのぞき込むことなど皆無といえましょう。知らない先輩に「おうおう何じゃわれコラ」なんて絡まれたりしたら大変ですもの。ですから余程の事情がない限りはのぞき込むことなんていたしません。でも言い換えるとわたくしには余程の事情があったということですの。

みなさまは恋文というものをご存じかしら。

恋文！

それは思い人に対して宛てた手紙であり、純粋で単純な愛を伝える文であり、乙女の内に隠された思いの丈をすべてぶつける一つの手段。

此度、わたくしはこの教室内におられる、とある方に恋文をしたためましたの。

そしてお返事を待ちきれずに教室までのぞきにきてしまいました。

じっとわたくしが見つめる先にはご学友に囲まれながらも困ったような表情を浮かべる美しいあ

のお方の姿が一つ。

イレイナ様。

お姉様。

わたくしが心から憧れる彼女の姿がありました。

そして彼女は「はあ……」と綺麗な息を吐き出したのちに語るのです。

「しかし、困りましたね……まさか朝から脅迫されるなんて」

……脅迫？

まあ大変！　お姉様ったら脅迫を受けていますの？　一体どこの誰から？　許せませんわ！　世界一美しいお姉様を困らせるだなんて！　ああでも困った表情もプリティですわ！　でも一体誰が彼女を困らせていますの？　許せませんわ。ブチギレそうですわ。

怒りと戸惑いが入り交じった複雑な表情でわたくしはお姉様の様子を窺いました。

さあお姉様。犯人のことをわたくしに教えてくださいまし！　わたくしがぶっとばしてきますわ。

見守るわたくし。

お姉様は、「はあ……」とため息をつきながら、

「とりあえず犯人はお花が好きなことは間違いありませんね」

と言いながら手紙を持ち上げました。

まあ驚き！

それは今朝方お姉様の下駄箱に突っ込んだわたくしの便箋と瓜二つだったのです。犯人のくせに

いいセンスしているではありませんの。

「あとはハーバリウムが好きなことくらいしか手がかりはありませんね」と語るお姉様。

まあ驚き！

彼女が手にしているハーバリウムはまさしくわたくしが今朝方お姉様に渡したものと瓜二つだったのです。つくづくいいセンスしてますわね。

「でもこの脅迫状、読めば読むほど意味わからないですよね」呟くお姉様。

どんな内容ですの？

「私をハーバリウムにしたいって一体どういう意味なんでしょうね？　何かの比喩でしょうか？」

…………。

んん？

「まあこの手紙の送り主が私の敵であることだけは間違いなさそうですけど」

怖いですねえ、と呆れた様子でため息をつくお姉様。

…………。

まあ驚き！


「――ということで今朝わたくしが書いた恋文が脅迫状になってましたの」

わたくしは一年生の教室に戻るなり状況を淡々と説明いたしました。

お話を聞いてくれたのは同じクラスのお友達二名。

ミナさんとアヴィリアさんでしたわ。

お姉様とよく一緒にいるお友達——の妹さんたちにわたくしが目下抱えている問題をお伝えすれば解決に導いてくれると思いましたの。

まさか恋文を脅迫状と勘違いされるだなんて！

まだお姉様とはお話をしたことがないから、お友達からお願いしますと頼んだつもりだったのに！

悲痛な胸の内をわたくしは打ち明けましたの。

そんなわたくしに対する二人の反応は以下のものでした。

「バカなの？」

「バカなのですか？」

なんなんですの？

わたくしの必死の説明に対して二人はとても冷淡な反応を見せていましたわ。それはもう極寒の如し。

ミナさんに至っては「ていうかあんな人のどこがいいわけ」と首を傾げ、アヴィリアさんは「お姉ちゃんの方が可愛いのです」とよくわからないことをおっしゃっていましたわ。

お姉様の魅力がわからないなんて！

まあ驚き！

「どうやらここは、わたくしがお姉様を愛するようになった経緯からご説明するしかないようですわね……」

「いや別に聞いてないけど」「お姉ちゃんの方が可愛いのです」

「お黙りですわー！」

ともかくわたくしはお二人に対して語りましたの。

わたくしとお姉様の、始まりの物語を――。


それは今から一年ほど前のこと。

当時中学三年生だった頃のわたくしは、近所の図書館でお勉強をしていましたの。図書館って人が少なくて落ち着くでしょう？　わたくしにとっては心のオアシスのような場所でしたの。

しかしそんな日常も長くは続きませんでした――。

「俺、手品師として食っていこうと思うんだ」「気が合うじゃないか兄貴！　実は俺も手品師で食っていこうと思っていたんだ」

やいのやいのと騒ぎながらよくわからない男二人組が『初心者でもできる！　手品』のコーナーに陣取っておりました。それはまあうるさいこと。図書館内ではお静かに、という張り紙が彼らには見えてはいないのかもしれません。何と嘆かわしいことでしょう。

わたくしのオアシスは一転して乾いた砂漠へと姿を変えました。つらい。こんな場所に居続けたくない。しかしながら注意を促す勇気もなく、わたくしはただただ俯いてお勉強を続けました。

そんな時のことでしたわ。

「うるさっ……」

ぽつり。

どこからともなく囁き声が一つ、図書館内に響き渡りました。

静かな囁き声。しかしながら確実に貫くようなその声は、明らかに手品コーナーに陣取っている二人に向けられていました。

彼らは即座に顔を見合わせて黙りました。周りの迷惑になっていることを恥じたのでしょう。

しかし声は一体どこから？　顔をあげるわたくし。

「……！」

そのときわたくしは見たのです。

わたくしが座っている席から少し離れたところで静かに読書していたイレイナ様――お姉様の姿を！

「………」

彼女はわたくしと目が合うと、こちらにウインクをしてくれました。

きっと勉強しているわたくしの邪魔にならないように配慮してくれたのでしょう。今でもそのお顔をわたくしは忘れません。

彼女は私のオアシスを取り戻してくれた恩人なのです。

ゆえにわたくしはその日からお姉様のことを心から尊敬するようになったのです――。

以上ですわ。

そんなわたくしとお姉様の運命の物語に対する二人の反応は以下のとおりでしたわ。

「浅っ」

「そんなんで惚れちゃうのですか？」

普通にボロクソでしたわ。

なんなんですの？

「もー！　わたくしがお姉様のことを好きになった経緯はどうでもいいじゃありませんの！」

「私たちそもそも聞いてないんだけど」「プリシラちゃんが勝手に言い出したのですよ」

あら失敬。そうだったかしら。

でもまあ細かいことはどうでもいいですわね！

「ともかくわたくし、このままではお姉様に嫌われてしまいますわ！」

そんな結末は耐えられませんわ！

というわけでお二人にはお姉様が誤解をしておられることをそれとなく伝えていただきたいの。

下駄箱に置いてあったのは脅迫状ではなく恋文であることを伝えてほしいんですの。

できますこと？

わたくしはかくかくしかじか説明しましたわ。

説明した結果ミナさんは首を傾げましたわ。

「疑問なんだけど」

「何ですの？」

「プリシラってイレイナと話したことはあるの」

愚問ですわね！

「美しい花は愛でるものですの」

「ないのね」

「話したことがなくともわたくしはお姉様がどんな人なのかわかっておりますわ……」

というか普通に入学してから今日に至るまで緊張してまともに会話なんてできませんでしたの。遠くから眺めるだけで精いっぱい。今回の恋文はそんなわたくしによる一世一代の大告白といえますわね。

「まあ事情はなんとなくわかったのです」

やれやれ、とミナさんの隣で肩をすくめるのはアヴィリアさん。「とりあえずわたしとミナさんの二人で誤解を解いてあげればいいのですか？」

まあ！　何とお話のわかる方でしょう。

感激しながらわたくしは「ぜひぜひ！」とお願いしました。

「何で私まで……」

巻き添えをくらってミナさんはげんなりしておりましたけれども、そんな彼女に対してもアヴィリアさんは語りかけます。

「お友達が困っていたら助けてあげるのは当然なのです」

「アヴィリアさん……」

感激するわたくし。

アヴィリアさんはえへんと胸を張りながら言いました。

「汝、友人知人が困っていたら迷わず手を差し伸べよ。これこそわたしのお姉ちゃんの教えなのです」

「偉人みたいなことをおっしゃるのですね」

「偉人なのです」

「断言しちゃった……」

たぶんアヴィリアさんからはお姉さんがそんな風に見えているのでしょう。ある意味わたくしと同類ですわね。シンパシーを感じますわ。

「というわけでミナさん。今から二人でイレイナさんのところに行きますよ」

ぐい、と立ち上がりながらミナさんの手を引くアヴィリアさん。

「仕方ないわね……」

やれやれと面倒くさそうな様子でミナさんもまた立ち上がりました。

そして二人はわたくしを残して教室を後にします。

感激ですわ。

「やはり持つべきものはお友達ですわね……」

わたくしは祈りながら、二人の帰りを待ちました。

そして大体五分後のことですわ。

「戻ったのです」

「…………」

二人が再び教室に姿を見せました。

しかし一体なぜでしょう？　並んで立っている二人は共に表情がどことなく険しく、ミナさんに至っては少々頬を赤く染めておられました。

一体何があったのですか？

「……どう、でした？」

恐る恐る尋ねるわたくし。

「実は――」

アヴィリアさんは気まずそうな様子でちらりとミナさんの方を見つめながら語り始めました。


それではここでお二人が教室に行った後のことをアヴィリアさんのお話から再現いたしましょう。

曰くこのような出来事があったようです。


「邪魔するのです！」

がらがら、と教室の扉を開くアヴィリアさん。

ミナさんと共に二年生の教室へと赴いた彼女をお姉様は「ああどうも」と頷きつつ、

「何かご用でも？」

と尋ねました。

そんな彼女の机（つくえ）にはわたくしが送ったお手紙とハーバリウムが一つ。

「その手紙について話しにきたんだけど」

ミナさんはとっととお話を終わらせるためにいきなり本題に入ったそうですわ。「それ、脅迫状じゃないわよ。ラブレターだから。勘違いしないで」

単刀直入（たんとうちょくにゅう）、簡潔明瞭（かんけつめいりょう）。

お姉様の頭を悩（なや）ませていた問題をたった一言でミナさんは解決。

——させたかのように、思われました。

「は？」

しかしながら不思議（ふしぎ）なことに、お姉様はミナさんの言葉にたいそう怪訝（けげん）な表情を浮（う）かべていたそうです。

一体なぜ？

ラブレターであることを伝えたのですからそれで十分のはずでは？　見つめ合うミナさんとお姉様。やがてお姉様は深刻（しんこく）な表情でこう言ったそうです。

「……何で手紙の内容を知っているんですか？」

「え」

たじろぐミナさん。

お姉様は言いました。

「私、手紙をもらったことはサヤさんとアムネシアさんにしか伝えてないんですけど……。ひょっとしてお二人がそれぞれ妹さんに伝えたんですか？」

首を傾げるお姉様。

アムネシアさんとサヤさんはお互い顔を見合わせながら、

「わたしは伝えてないわよ」

「右に同じくです」

と首を振ります。

おやおや風向きが怪しいですわね？

「だったら何で二人は私が脅迫状を受け取ったって知ってるんですか……？　というかどうしてこれがラブレターだと断言できるんですか……？」

お姉様の視点から見ればミナさんは連絡をとったわけでもないのになぜかいきなりやってきて弁明を始めたようにしか見えなかったのでしょう。

そして斯様な状況はお姉様の中で一つの結論へと導かれていったのです。

「ひょっとして……、この手紙を送ってきたのって、ミナさん、なんですか……？」

以上。

「――というわけで誤解されたまま、いったん戻ってきたのです」

なるほどなるほど。

わたくしはミナさんの肩に手を置いて言いました。

「お姉様に手を出したらマジでぶっとばしますわよ？」

「何で私が怒られてるのよ！」

真っ赤になりながら吠えるミナさん。

わたくしが怒るのは当然ではなくって？

「ミナさん、抜け駆けは許しませんわよ！」

「私、別にあの人に興味ないし……」

「まあ！　お姉様に対して興味がないだなんて！　この罰当たり！」

というかどうして弁明をしてこなかったのですか？　わたくし信じられませんわ。

このままではわたくしの渾身の恋文がミナさんの手柄となってしまうではありませんの。まるで泥棒猫ですわ。

ぷんすこするわたくしに対してアヴィリアさんがご説明。

「誤解を解こうとしたんですけど、イレイナさんに疑われた直後にミナさんが逃げちゃったのですよ」

「不意打ちでちょっと頭が真っ白になっちゃって……」

そんなことをしたら余計に恋文を出した本人っぽいではありませんの……。

このままでは困りますわ。

「ひとまず改めて弁明してきてほしいですわ」

単刀直入に伝えるわたくし。

ミナさんは露骨に嫌そうな顔をいたしました。

「面倒くさいわ……」

「いいから早く行ってきてくださいまし！」

「はあ……」

仕方ないわね、と肩を落としながら踵を返すミナさん。

「一応わたしもついていくのです」

アヴィリアさんはそんな彼女の後を追いました。

それからさらに五分後のこと。

二人が帰ってきました。

「え、何で赤面してますの？」

ミナさんのお顔が真っ赤でしたわ。

何だかこの時点で既にとても嫌な予感を感じ取っていたのですけれども、わたくしは一応尋ねました。「一体何が起きましたの？」

するとアヴィリアさんは、

「ええっとぉ……」

と先ほどよりも割増の気まずそうな様子で答えてくれました。

先手必勝、一撃必殺。

お姉様の誤解を解くためには即座に行動をとるべきだと判断したのでしょう。

「……イレイナ！」

ががらがら。

扉を開くなりミナさんは教室内に響き渡るような声で言い放ったそうです。

「勘違いしないでよね！」

…………。

言い放ったそうです。

「私、あんたのことなんて全然好きじゃないんだから！」


以上。

「なんかツンデレみたいになってたのです」

なるほどなるほど。

わたくしはミナさんの肩に手を置きました。

「ぶっとばされたいのですか？」

「だから何で私が怒られてるのよ！」

一度ならまだしも二度も誤解を招いてどうするのですか。もはや修復不可能では？

「ひょっとしてミナさんって本当にお姉様のことを狙っているのでは……？」

わたくしが恋文をしたためたことを好機と捉えてアプローチしてますの？

じとりと目を細めるわたくし。

彼女は視線を逸らしましたわ。

「べ、別にそんなことないし……」

「まあ！　怪しい反応ですわ！」

本当はちょっと狙っているのではなくって？

「全然そんなつもりないから。私ほんとあの人に興味ないし。知り合いとしては確かにまあ面白い人かもしれないけど惚れる要素なんて皆無だし」

「ま！　何ですのその余裕ぶった発言！」

わたくしなんてまだ話したことすらないのに！　わたくしもお姉様と仲良くなって「えー？　お姉様は人として面白いと思うけど憧れの対象にはならないですわ」とか言ってみたいですわ！

再びぷんすこするわたくしに対してアヴィリアさんは冷静に言いました。

「というか普通にプリシラちゃんから説明をしたらどうです？」

今更ながらに根本的な意見でしたわ。

彼女はそれから言いましたの。

「イレイナさんとお話ししたことがないのでしょう？　だったら今回がいい機会になるんじゃないですか？」

いい機会になると言われましても……。

「こ、こんな状況で何をお話しすればいいのですか……？　もう既にお話が結構こじれてしまって声をかけづらい雰囲気になっているように思えるのですけれども……」

心配するわたくし。

アヴィリアさんは首を傾げておりました。

「そーでしょうか？　わたし的にはむしろこれは仲良くなるチャンスにも見えるのです」

どういうことですの？

わたくしの頭に浮かぶ疑問を、アヴィリアさんは淡々と解きほぐしてくれました。

「幸い、ミナさんがよくわからないことをしてくれたおかげでそもそも恋文やら脅迫状のことは既にイレイナさんの頭の中から吹っ飛んでいると思うのです」

幸か不幸か、きっとお姉様は既にわたくしが送ったお手紙を深刻に捉えなくなっているといいます。

わたくしとしてはお友達からお願いしますと心を込めて書いたつもりでしたので少々複雑な心境ではありますけれども、確かに変な勘違いをされたまま時間が経つよりはよほどいいかもしれませんわ。

「むう……」

しかしそれはあくまでわたくしにお姉様とお話しする度胸があったら、の話ですわ。

唸ってしまいました。

ミナさんに文句を言いながらも、結局わたくしは依然として、お姉様と直接お顔を合わせる勇気がなかったのです。

「プリシラちゃん」

そんなわたくしの胸中を知ってか知らでか、アヴィリアさんはにこりと笑いかけながら。

一つ言葉をくれました。

「憧れの人が目の前にいたら、一歩踏み出し話しかけてみよ。相手もただの人だと気づくから――こんな名言をご存じですか」

「…………！」

わたくしは、はたと気づかされました。

結局のところ、会わないから、話しかけたことがないから、無用に相手を持ち上げてしまうのです。

ミナさんのようにお話ができる状況が羨ましいのであれば、わたくしもやはり話してみるしかないのです。

手紙を出すのではなく、最初からわたくしはそうすべきだったのかもしれません。

そんな事実を、彼女は教えてくれました。

まあすてき。

「どなたの言葉ですか？」

尋ねる私。

彼女は自分のことのようにえへんと胸を張りながら言いました。

「もちろん、わたしが敬愛する偉人の言葉なのです」

○

わたくしたちは三人そろって窓の外を眺めておりました。

少々疲れた表情のミナさん。その隣でにこりと笑っているアヴィリアさん。そして喜びに満ちた表情を浮かべているのが、このわたくし。

あの後、わたくしはアヴィリアさんのご提案通りに二年生の教室へと赴き、すべてを打ち明けました。

決して脅すつもりはなく、単純にお友達から仲良くなりたくてハーバリウムを贈ったのだと釈明いたしました。

「プリシラちゃんは中学生時代にイレイナさんにお世話になっているのです。そのお礼のつもりなのです」

わたくしの説明に補足してくれるのはアヴィリアさん。

彼女の援護により私の一連の行動は、一年前の図書館での出来事への感謝ということでまとまりました。

そういえば、確かに、まだあのときの感謝を伝えてはいませんでしたわ。

お姉様はわたくしに苦笑しました。

「じゃあ、今度から文面（ぶんめん）には少し気をつけないといけませんね」

変な勘違いされちゃいますよ、と肩をすくめながら彼女はおっしゃいました。

呆れておられるようでした。私と、それからミナさんに対しても。

「それにしても、さっきのアレは何なんですか？　ミナさん」彼女の服を人差し指でつんつんと突きながらいたずらに微笑（ほほえ）むお姉様。

ふん、とミナさんは顔を背（そむ）けておりました。

「別に。友達の手伝いをしてただけだから。あなたのことなんて一ミリも好意を抱いてないから。勘違いしないで」

「またツンデレみたいになってる……」

「本当にそういうのじゃないから！」

もう！　と顔を真っ赤にして否定（ひてい）するミナさん。

私はそんな二人のやりとりを見て笑いました。

嬉（うれ）しかったのです。

今までずっと憧れていたお姉様の日常のなかに、足を踏み入れることができたから。

「――本当にアヴィリアさんのおかげですわ。ありがとうございます」

窓の外を眺めながら、わたくしはつい先ほど手に入れたばかりの美しい思い出を噛（か）み締（し）めつつ、親友たるアヴィリアさんに深く感謝いたしました。

やはり持つべきものはお友達、ですわね！

「いえいえ。どういたしまして」

笑ったままのアヴィリアさん。

ぐぐぐ、と壊れたお人形のようにゆっくりとそのお顔をこちらへと向けました。

「ところでプリシラちゃん」

あらら？

何だか笑顔が怖いですわ。

「ど、どうかしましたの……？」

戸惑うわたくし。

ところで話は変わりますが、実は先ほど手に入れたばかりの美しい思い出には続きが一つ、ありますの。

「――ねえねえ、あなたがこのハーバリウムを作ったの？」

それはちょうどわたくしがお姉様と談笑していたときのことでしたわ。

唐突にわたくしの肩を叩く方が一人おられました。

「はい？」

振り返るわたくし。視線の先には白髪の二年生様がお姉様に贈った渾身のハーバリウムを手に持っておられました。

わたくしは胸を張りましたわ。

「ええ！　それはわたくしの自信作ですの！」綺麗でしょう？　と自信満々なわたくし。

「すごーい！」

彼女は両手を合わせて花がほころぶように笑っておりました。

それから高揚した様子でわたくしの手をとり、

「ね、よかったら今度、教えてくれない？　わたし前からこういうのやってみたかったの！」と語りました。

是非もない話ですわね。

「もちろん構いませんわ」

「やったー！」

子供のように喜ぶ彼女。

わたくしも釣られて笑っておりました。

「こういうのがお好きなのですね」

「うん。でも道具とか作り方がわからなくて、今までやったことがなかったの」

あらまあ。

「でしたら、今度わたくしの家にいらっしゃいます？　道具は全部そろっていますから簡単にできますわよ」

「いいの!?」

「もちろんですわ！」

お花が好きなのかしら？　それからわたくしはお姉様とだけでなく、その方とも趣味の話で盛り

上がりましたの。

それはそれは夢のような時間でしたわ。

ちなみにそのとき会話していたお相手の名前はアムネシアさん。

………。

アヴィリアさんのお姉様ですわ。

というわけで。

アヴィリアさんはわたくしの肩に手を置きました。

「手を出したらマジでぶっとばすのです」

「誤解ですわよ!!」

「お前ってさ、楽器演奏できんの？」

シーラ先生から突然呼び出されたのは授業が終わった直後のことでした。

校内放送を用いてのお呼び出し。基本的には彼女が人を呼ぶ時というのはお説教かもしくは厄介な頼み事を依頼する時と決まっていますので、前者にしても後者にしても私の表情が曇るような展開になることは目に見えていましたし、私に至っては教職員の目に留まれば十中八九咎められるであろうこともちょこちょこやった覚えがあるゆえ、職員室に向かう最中の私の心境はといえばまさに『ねえ、私がなんで怒ってるのかわかる？』と帰宅直後にダイニングにて静かに座る妻から尋ねられたご主人の如し。

なので職員室にて、紅茶を啜るフラン先生に「イレイナ？　何したんですか」とにやにやされながらシーラ先生のもとへとたどり着いた私は、たいそう拍子抜けをしたものです。

楽器ですか？

「いえ、演奏できませんけど……？」

ていうか何ですかその質問。

私を見つめるシーラ先生の表情は「楽器できるなんて意外だなぁ。すげー」と語るようであり、その日は私がどんな楽器を演奏できるのか興味津々といったところ。

できるのかどうかを聞くのではなく、できる前提でのご質問。

ちょっと意味がわかりませんね。

「自慢じゃないですけどギターはおろかカスタネットすらまともに扱ったことありませんけど」

急にどうしたんですか？

と私はとてもとても首を傾げながら言いました。

しかしながら私と同じくシーラ先生もまた、「ふうん……？」と言いながらも不思議そうな様子で首を傾げるのです。

「じゃあ何でお前、音楽同好会に籍を置いてるんだ？」

とんとん、と彼女の人差し指が机を軽く叩きます。

そこにあるのは入部届。記入されているのは私の名。

そして入部先はどういうわけか音楽同好会。

日付は去年の夏頃を指していました。

つまり私は去年――一年生の夏頃に、音楽同好会に自らの意思で入部を果たしてるということになりますけれども。

「あ」

証拠品を出されて一つ思い出したことがありました。

去年の夏頃といえば、ちょうど私とアムネシアさんが仲良くなったタイミング。サヤさんも含めて三人で遊び始めるようになった頃のこと。

確かにそのとき、参加したのです。

音楽同好会に。

「別に楽器が演奏できるから参加したわけじゃないですよ」手を軽く振って否定する私。

「じゃあ何で？」

「当時の三年生にどうしてもと頼まれまして」

どうやら夏頃になって部員が一人辞めてしまい、このままでは廃部だからと人員の補充が求められたのです。

そんな時、学校内で暇そうにふらふらしていた私に白羽の矢が立てられたのです。

まあ籍を置いてくれるなら誰でもよかったのでしょう。

「多分私だけじゃなくてサヤさんやアムネシアさんの入部届もあるはずですよ」

入部届を書いてくれたら放課後好きに音楽室を使ってもいいという交換条件に私たち三人はそろって頷いて名前を記入した記憶があります。

「そうだな」

頷きながらシーラ先生が机に置いていた手をずらすと、重ねられていた入部届がこちらに顔をのぞかせました。「……じゃあお前らは楽器の演奏なんてできないし、ほぼ帰宅部みたいなもんだけど、一応書類上は音楽同好会って扱いになってる幽霊部員ってことか？」

「そうですね」

「三人とも？」

「そうなりますね」

「そいつは困ったな」

ふう、とため息をこぼしながら天を仰ぐシーラ先生。

「どうかしたんですか」

確認のために呼び出したのならもう行っていいですか？

「……じゃあもう帰っていいぞと言いたいところだが、実はここでお前に残念な知らせがある」

「はい？」

「お前ってさ、学園音楽祭って知ってるよな？」

「はあ……」

学園音楽祭。

というのは我が校――学園セレステリアにおいて古くから行われている伝統行事。

開催頻度は不定期。そもそも学校の公的行事ではなく、あくまで生徒や卒業生の主導で行われるお祭り。

去年は開催しなかったようですが、今年はどうやらやる方向で話が進んでいるらしい、ということは演奏経験のない私にも届いております。

「サヤさんやアムネシアさんたちと一緒に観覧する予定ですけど」

どうやら当日はちょっとした出店なんかもあるのだとか。早い話が文化祭のようなイベント。

はてさてどんな物を食べてやりましょう？

楽しみです、と少々頬を緩めながら妄想を膨らませる私。

「いや多分、観覧とかは無理じゃねえかな」

そしてあっさり私の妄想を手で払うシーラ先生。

「何でですか」

むむと眉根を寄せながら尋ねる私。

それからシーラ先生は、とてもとても困った様子で、申し訳なさそうにため息を漏らしながら語るのです。

「お前ら、学園音楽祭への参加が決まってんだよ」

などと。

………………。

「はい？？？？？？？？？」

○

どういうわけか学園音楽祭への参加が決まっている。

この意味不明な事象を頭で処理するよりも前に私は帰宅を果たしました。

「もう終わりですよ……」

その結果ソファの上でうつ伏せになりながら死んだ顔を浮かべるよくわからない女子高生が一人誕生しました。

それは一体誰でしょう。

残念ながら私です。

「どうかしたのですか、イレイナ様」

現実逃避しながらぼけーっとしている私を心配して肩に手を置いてくれるのはほうきさん。ああ余計な心配をさせてはいけません。ここはまず「大丈夫です」と答えねばならないところ。

なので私は彼女を見つめ返したのちに、答えました。

「ほええ」

「イレイナ様?」

ああダメですねこれ。まともに言葉が喋れなくなってますね。自身でも驚きました。どうやら人は頭がいっぱいいっぱいになるとコミュニケーションが成立しなくなるようです。まあ何と不便な生き物でしょう。

「落ち着いてください、イレイナ様。話すのが難しければ、そのままでも構いません」

しかしながら配慮の塊であるところのほうきさんは私が言葉にできない思いも簡単にくみ取ってくれました。「失礼」と私の制服の袖をつまみ、それから何度かふむふむと頷いたのちに、彼女は「つまり学園音楽祭にいきなり参加させられて困っているのですね。演奏の経験もないのに」と私が言いたいことをすべて言語化してくれました。何という有能ぶり。まるで平時の私のよう。顔から頭の良さまで、何から何までそっくりですね。

ついでに今日は格好までそっくり。

私の袖を依然としてつまんでいる彼女が身にまとうのは、まさしく学園セレステリアの制服でした。

……制服？

「あれ……何で制服着てるんですか、ほうきさん」

あなた学校行っていないでしょう。

「実はイレイナ様……わたくしも明日から学校に通うことになったのです」

さらりと彼女は語りました。

どうやらほうきさんが一緒に住むようになってから、お母さんの方から「ほうきちゃんも一緒に学校通ったら？」と打診があり、なんやかんやで学園セレステリアへの編入が決まったのだとか。

なるほどそういう事情だったのですね。

私は頷きながら答えました。

「ほえぇ」

「全然興味ないじゃないですか……」

「すみません今ちょっと色々と頭の処理が追いついてないんですよ」

「大丈夫ですか」

「ひと昔前のＰＣみたいな気分です」

「すみません、おっしゃってる意味がわたくしにはちょっと……」

ちょっとの動作でフリーズするってことですよ、と注釈を入れる私。即座にキッチンでお料理中の母から「あなたフリーズするほどＰＣ使ったことないじゃない」と横槍が入りましたが、それはさておき。

「ともかく今はほうきさんがご存じの通り、まあ色々と厄介なことになっているんですよ」と肩をすくめる私。

「大変ですね……」

「このままでは演奏経験もないのにステージ上に引きずり出されて大恥をかいてしまうことは間違いありません」

ああ何と、かわいそうな私。

それからその場でしくしくとうそ泣きをしてみせる私に対し、ほうきさんは「ふむ」と考え込むような仕草を一つ。

それから彼女は指摘しました。

「……演奏ができないのであれば、そうお伝えすればよいのではありませんか？」

そもそも根本的なことを指摘しました。

「愚問ですね、ほうきさん。あなたが簡単に思いつくようなことを私が試さないとでも……思いましたか！」目を見開く私。

「何で得意げな顔なのですかイレイナ様」

白けた表情を浮かべるほうきさん。後ろから「ちょっと今情緒おかしいわねこの子」とお母さんの突っ込みがまたも入りましたがそれはさておき。

「もちろんシーラ先生から打診があった直後に伝えましたとも。サヤさんとアムネシアさんを集めて、三人で話しましたとも」

しかしながら私が望むような展開になどまったくならなかったのです。

むしろ望みとは真逆の展開を突っ走ったといっても過言ではないでしょう。

「何があったのですか」

首を傾げるほうきさん。

知りたいようですね。

……いいでしょう。

「ならばお話しして差し上げましょう――私たち三人のお話と、その顚末を……！」

「何で得意げな顔なのですかイレイナ様」「今だいぶ情緒おかしいわねこの子」

それはさておき。

私はそれからかくかくしかじか語ったのです。

それは放課後。シーラ先生から学園音楽祭のお話を伝えられた直後のことです。


「えええええ！　学園音楽祭にぼくたちが参加……ですか⁉」

お口を大きく開けて驚くサヤさん。

「あー、そういえば音楽同好会に加入してたわね、わたしたち」

そしてのんびりした様子で頷くアムネシアさん。

そんな二人の前で私は肩をすくめて大きくため息をついていました。

いやはやまったく困りましたよね。私たちは別に音楽がやりたくて音楽同好会に入っていたわけではないのに。まったく勝手な話ですよね。というような雰囲気を全身で醸（かも）し出してすらおりました。

「ちなみに参加ってもう確定なんですか？」首を傾げるサヤさん。

これはあくまで私がシーラ先生から聞いた話ですけれども、

「一応、参加する方向で話が動いてしまってるみたいです。音楽同好会なのに学校で行われる音楽イベントに参加しないなんて変な話ですし」

とはいえまだ学園音楽祭まで一ヶ月近く時間はあります。

参加枠（わく）の調整は恐らくまだ終わっていないはず。

今ならば万が一、用意していた枠が空いてしまったとしても、きっと大人たちがうまい具合に調整してくれるに違いありません。

というわけで。

「実はお二人に折り入って相談があるのですけど……」

賢（かしこ）い私は考えました。

三人で直談判（じかだんぱん）すれば、ひょっとしたら私たちの参加を取りやめることも可能なのではないか、と。

期待を込めた瞳で二人を見つめる私。

入学してから約一年もの付き合い。いつでも私たちは大体一緒でした。目と目が合えば通じ合うものもあるものです。

「大丈夫ですよ、イレイナさん。ぼく、わかってます！」

えへへ、と表情を緩めるサヤさん。

「ええ。心配しないで」

そしてにこやかに笑うアムネシアさん。

「二人とも……」

やはり持つべきものは理解あるお友達。

彼女たちは私の意図を完全にくみ取ったような表情で頷いたのちに、それぞれ言葉を並べるのです。

曰く。

「ぼくたちで参加したいってことですよね！」

ん？

「せっかくの機会だし、みんなで思い出作りたいってことね！」

あれ？

………。

あれれ？

「いやあの、私そういうつもりで相談しにきたわけじゃ――」

「照れ隠しはもういいですよ、イレイナさん」

うふふ、と笑みを浮かべるサヤさん。いや照れ隠しとかじゃないんですけど。普通に参加したくなくて言ってるんですけど。

というか。

「いやでもそもそも私たちって楽器演奏できな――」

「ちなみにサヤさんって何の楽器が演奏できるの？　わたしピアノとかキーボードならできるけど」

「アムネシアさん？？？？？？？」

楽器演奏できたんですか？

初耳なんですけど。

「あ、ぼくはドラムならできますよー」

そして私を置いてそのままお二人の会話が始まりました。ていうかドラムできたんですかサヤさん。

「あー、なんかドラムってサヤさんらしいかも」

「ぼくっぽいってどういうことですかー」朗（ほが）らかに笑うサヤさん。「でもこれでキーボードとドラムの枠は埋まりましたねー。でも、バンドやるならギターとか欲しくないですか？」

「ちなみにうちの妹はギター弾けるわ」

「ぼくの妹はベースできますよ」

「あ、じゃあ二人も呼んで五人でバンドやろっか」

「いいっすねー」

…………。

完全にやる方向で話が進んでいる……。

「あ、ちなみにイレイナさんは何の楽器演奏できるのー？」

完全に私が演奏できる体で話が進んでいる……。

きらきらとした目をこちらに向けるアムネシアさん。あまりの眩しさに目を逸らしてみれば、「五人でステージ立てるなんて楽しみですねぇ！」と期待に目を輝かせるサヤさんの姿がありました。

もはや眩しすぎて目がくらんでしまいそうなほど。

退路はどうやらないようです。

「えっと……ギターが……得意です……」

私は死んだ魚のような目をしながら、そのように語りました。


「――というわけで普通に学園音楽祭に参加する流れになっちゃったんですよねぇ」

まさかお二人が乗り気になるとは思いもしませんでした。

それからの流れはとてもとてもスムーズで、お二人がそれぞれ妹さんに連絡をしてあっさり五人組での参加が確定してしまいました。

「それはそれは……大変な事態ですね……」

ほうきさんからは哀れみの目が向けられました。

もはや事態は私の手に余るところ。魔法でも使えればパパっと解決できたのかもしれませんが、私はあくまでただの人。一ヶ月程度でいきなり壇上に立てるほどの演奏技術が身に付くことはありません。

私は人より断然可愛いことと絶大なプロポーションを誇っていること以外はわりと普通の女子高生なのです。

「たすけてくださいほうきさん……」

そもそも大前提としてギターすら持ち合わせていない今の私にできることはほうきさんに頼ることくらいなものでした。きっとほうきさんもたいそう困ったことでしょう。

私から急にそのようなお願いをされても叶えられるはずが、

「かしこまりました」

「んん？」

いま何と？

「イレイナ様がお困りならば、このわたくしがひと肌脱ぎましょう」

目を白黒とさせている私に対し、ほうきさんはえへんと胸を張りつつ言いました。「要するに一ヶ月でギターを弾けるようにして差し上げればよろしいのですね？」

「え、ええ……まあ、そうですけど……」

誤解のないように言っておくと私はもちろんそんなことは可能だとは思ってもいませんし、ややこしい事態になってしまったことへの愚痴をこぼしたつもりだったのですけれども。

むふー、と依然としてほうきさんは得意げなお顔をしていました。

「ございますよ。イレイナ様が一ヶ月でギターを演奏できる方法が」

「何……ですって……!?」

大袈裟に目を見開く私。

お顔を向き合わせながらややオーバーな演技を繰り返す私たちの様子はまるで『日曜劇場』に近しい雰囲気をたっぷり込めておりました。

「その方法って、一体――」

どうすればいいのですか……？

身を乗り出す私。

そのときのことでした。

「ごはんできたわよー」

キッチンのほうから割って入ってきたのはお母さんの声と、美味しそうなカレーの香り。

晩ごはんができたようです。

なるほどなるほど。

「詳しい話は後にしましょうか」

「そのようですね」

私たちは互いに頷き立ち上がりました。

話は変わりますけど『日曜劇場』って大体は本題に入る前にいったんＣＭを挟みますよね。

○

改めて言いますと目下私を悩ませている問題は大きく分けて二つ。

演奏経験もないのに学園音楽祭への参加が決められてしまったこと。

そしてもう一つは、そもそもギターを持ってすらいないこと。

しかし後者についてはほうきさんがいとも簡単に解決してしまいました。

「こちらをどうぞ」

それは夕食が済んだ後のこと。

部屋でのんびり過ごしていた私のもとに訪れたほうきさんは、はいどうぞと私に一本のギターをごく普通に手渡してきたのです。

ギター。

多少の使用感はあるものの、しかしながら大きな汚れも見えません。

「どっから持ってきたんですかこれ」

するとほうきさんはたいそう得意げな表情を浮かべながら、言いました。

「粗大ゴミ置場です」

「要するにゴミを拾ってきたってことですね」

「以前散歩していたときにたまたま見かけまして……」

曰くまだ使えそうだったからと屋根裏部屋まで持ち込んでいたのだとか。よく見てみるとギターケースに粗大ゴミのシールが貼り付けてありました。

「ちなみにギターさんの他にもありとあらゆる物をわたくしの屋根裏部屋に安置してあります」

一緒に住むようになってから空き部屋だったお部屋を一つほうきさんにお渡ししたのですけれども、どうやら屋根裏部屋も自由に使っておられるご様子。

たまに家中どこを捜しても姿が見えないことがあるとは思っていたのですけど、屋根裏部屋に籠もってたんですね。

「まあ……別にいいですけど、お母さんにはバレないようにしてくださいね」

多分叱られますよ。

「問題ございません」

「そうなんですか」

「家事を手伝うことで手を打ちました」

「買収してる……」

まあしかし屋根裏部屋が健在なことでギターを入手できたのですから、私もとやかく言える立場ではありませんね。

何はともあれ私を悩ませていた問題の一つは解決。

しかし残されたもう一つの問題が、厄介なのです。

「……ギターを手に入れても私、結局演奏の方は全然ダメなんですけど」

視線を落とせばギターの弦に触れる私の指。ぴん、と弾いてみれば間の抜けた音が虚しく響きます。

もう一度適当に弦を押さえて鳴らしてみれば、今度はまったく違う音。けれど私には、どこをどう押さえれば何の音を奏でることができるのかがまったくわからないのです。

このような状態では壇上など到底立てないと思うのですが。

その辺どうなんですか？　と視線を送る私。ほうきさんは私の意図を察するように頷くと、

「ギターさんと仲良くなればいいのですよ、イレイナ様」

とあっさり答えました。

「仲良くなる……？」

「イレイナ様は以前、わたくしとリバーシで勝負したときのことを覚えていますか？」

「……ふむ」

言われて私は考え込みます。少し前の出来事を振り返ります。

ほうきさんが家に来てからというもの、急に年の近い姉妹が出来たかのような日々が私の日常となりました。

例えば学校から帰って、ごはんを食べたあと。

例えば休日、暇な時間を過ごしていたときのこと。

私とほうきさんは度々、顔を合わせて遊ぶようになりました。

少し前はリバーシで対戦などもしたのですけれども。

「――おやおや。また私の勝ちですか」

弱いですねぇ、などと笑ってみせる私の目の前には黒に染まった盤面が一つ。

「むうううう……」

顔を赤くして頬を膨らませ、子供のように拗ねるほうきさん。

五勝零敗。

五度目の敗北を受けてほうきさんは少々むきになっておられました。

「もう一回！　もう一回お願いします、イレイナ様！」

おやまあ。

「もう一回負けたいんですか？」

「むううううう……！」

わかりやすい私の煽りにこれまたわかりやすく引っかかる彼女でした。

冷静さを失うと人は勝てるものも勝てなくなるものです。きっと次も私が勝つに違いないと確信すらしました。

そんなこんなで迎えた六戦目。

私たちはぱちぱちと盤面を白と黒で染めていきました。

勝敗がついたのは数分後。

「あれ？」

目をぱちくりとさせる私。

不思議な光景が目の前にはありました。

真っ白の盤面。

何と私は敗北していたのです。

「ふふふ……」

そして対面しているのは勝ち誇った表情のほうきさん。「これで五勝一敗ですね、イレイナ様」

瓜二つだからこそわかるのですが、私のしたり顔って結構いらっとさせられるような表情なんですね。客観的に見せられて初めて気づきました。ほっぺた引っ張ってやりたいです。

「……どんな手を使ったんですか」

胸の底から湧き出る気持ちを抑えて尋ねる私。

彼女はえへんと胸を張りながら答えました。

「リバーシさんと仲良しになったんです」

「……リバーシと？」

それってどういう意味です？　と尋ねる私。

にわかには信じがたいお話ですが、物であるほうきさんは同胞——つまり物の声を聞き取ることが可能なのだとか。

しかしながら、彼女に秘められた力はそれだけに留まらないのだそうです。

「イレイナ様は例えば初めてお料理をしたとき、包丁の扱い方に恐怖を覚えませんでしたか？」

下手に振れば切れる。扱いを間違えれば大惨事。初めて包丁を握ったときに抱いたのは窓際に立たされたような恐怖心でした。

どうして母は平然と扱うことができているのか理解できなかったほどです。

けれど今は違います。

小さい頃とは異なり私もそこそこ料理はできるのです。

今となってはマイ包丁をキッチンに置いているほどです。

「慣れてくると包丁の刃渡り（はわた）がわかるようになる。手のひらの上で豆腐（とうふ）を切ったりするのも怖くなくなる。それはどのように扱えば包丁が物を切ることができるようになるのかをイレイナ様が理解しているからです」

ほうきさんは言いました。

「〝理解〟とは、〝対話の結果〟なのです、イレイナ様」

私が包丁を扱えるようになったのは、包丁という道具に対する理解を深めることができたから——言い換えれば包丁と仲良くなったからなのだと、彼女は教えてくれました。

そしてこのお話をリバーシに置き換えるならば。

「わたくしはたった今、こちらのリバーシさんとの対話を通して仲良しになったのです」

むふん、と胸を張りながらほうきさんはそのように言いました。

特にほうきさんのように常に物と会話できるような状態にあると、物事の上達速度は常人を凌駕（りょうが）し、たったの数分で私ごときを圧倒することも可能となるのだそうな。

「なるほどなるほど」

勝ち誇るほうきさんの言葉に私は頷いていました。「つまりリバーシさんに手伝ってもらって私に勝った、ということでいいですか？」

「そういうことになります」

えへんと胸を張るほうきさん。

私は言いました。

「でもそれって要するにほうきさんが勝ったのではなくリバーシさんが私に勝ったということになりません?」

「え?」

「というか普通にイカサマだと思うんですけど」

彼女のほっぺたを引っ張る私でした。

「いひゃいれす、イレイナはま」

なんとなく悔しかったので六戦目のリバーシ勝負は無効試合とさせていただきました。

——というようなことが、少し前に確かにあったのですけれども。

「わたくしがリバーシさんを頼った時と同じように、イレイナ様もギターさんと仲良くなれば、一ヶ月で上達などちょちょいのちょいでございます」

ほうきさんは断言しておられました。

私にはギターの声は聞こえないため、ほうきさんが通訳として割って入ることで対話を成立させるのだといいます。

「……そんな方法でうまくいくんですか?」

「ちょちょいのちょいでございます」

お任せくださいと自信満々のほうきさん。

「……ふむん」

半信半疑(はんしんはんぎ)。

ではありましたけれども、今のところ、彼女に頼る以外の手がないのも事実。

「じゃ、よろしくお願いします」

私は彼女のご提案に、笑みを返しておりました。

それではここで、一ヶ月にわたる私とギターさんの対話の数々——その一端(いったん)をお見せしましょう。

「改めてよろしくお願いしますね、ギターさん」

ギターを撫(な)でながら語りかける私。

ほうきさんの通訳による返答がすぐにかえってきました。

ギターさんによる記念すべき第一声はこちら。

『は？　平民風情(ふぜい)がわたくしに気安く触れないでくださいまし！』

私は無言でギターを置きました。

………………。

「何言ってんですか？」ふざけないでもらえますかほうきさん。

「ちょっと触り方がダメだったみたいですイレイナ様」

「何ですか触り方がダメだったって」

普通に撫でただけなんですけど、とギターを見つめる私。

ではどんな触り方ならいいんですか？　と尋ねれば、ほうきさんはすぐにふむふむとギターさんからご意見をヒアリングしてくれました。

「もっとゴミを扱うみたいに雑に使ってほしいそうです」

「こうですか」

適当にジャカジャカと弾く私。

みょんみょんと地味な音が鳴り響きました。

ついでにギターさんの鳴き声も響き渡りました。

『あああああっ！　イイですわぁ！』

「先が思いやられるんですけど……」

何はともあれこうして私とギターさんによる対話は始まったのです。

学校から帰ればいつもギターをかき鳴らしていました。

「……すみません、楽譜のここがわからないんですけど……」

『何でこんなものも読めませんの？　このぽんこつ！』

ギターさんは初心者である私に、悪態をつきながらも楽譜の読み方を教えてくれました。

「えっと……こうですか……？」

『あー、全然ダメですわ。指の押さえ方がなっていませんの』

コードの弾き方もすべてギターさん自身が教えてくれました。

「……こんな感じですか？」

『なかなかイイですわね』

ギターさんによる直接の指導。それはまるで目には見えない亡霊がギターの扱い方を一から導いてくれているかのようでした。

どんな使い方をすればいいのか。

何がよくて、何がダメなのか。

本来手探りで一つ一つ上達していく道のりを、私はギターご本人による手引きを用いて最短で駆け抜けました。

ゆえに二週間も毎日練習すれば多少は弾けるようになり。

一曲丸ごと通して練習したあとで私は尋ねました。

「そろそろ他の皆さんと合わせて練習してもいい頃合いでしょうか？」

どう思います？　ギターさん。

『ダメですわ！』

「……何でですか？」

私、多少は上手くなったと思うのですけど。慢心するなということでしょうか？　怪訝な表情を浮かべながら私はギターさんの言葉を待ちました。

ほうきさんが彼女の言葉を翻訳してくれたのはそれから数秒後。

なぜか恥じらいの表情を浮かべながら、彼女は言いました。

『だって……ほ、他の楽器さんと会うのでしょう……？　わたくし、まだ心の準備が……』

「…………」

ジャカジャカジャカジャカ。

『あああああああああああっ！』

ともかくそれから私はサヤさんたちと合流して練習をするようになりました。

○

「こちらは私の親戚です。最近隣のクラスに転入してきたそうです」

放課後。

音楽室にてサヤさん、アムネシアさん、それからミナさんとアヴィリアさんを集めて合わせ練習をする前に、私はほうきさんを皆さんにご紹介しました。

「よろしくお願いいたします」

ご丁寧に会釈をするほうきさん。

彼女のことをどんな風に紹介すればいいのか迷いましたが、正直に『この子、私のほうきなんですよねぇ』と打ち明けたところで信じてもらえる可能性は低かったので、とりあえず親戚ということにしておきました。

親戚ならば顔が似ている理由にも説得力があるというもの。

お名前に関してはそういうあだ名ということで処理しておきました。

「ほえー」

お口をぽかんと開けながら頷くサヤさん。

「確かに似てるわね……」

ふむふむとほうきさんを見つめるアムネシアさん。

「何でほうきってあだ名なの……？」

そして少し首を傾げるミナさんと、

「ところで一個、聞いてもいいですか？」

挙手(きょしゅ)するアヴィリアさん。

…………。

「どうかしましたか？」

首を傾げて私は彼女に視線を合わせました。

するとアヴィリアさんはたいそう怪訝(けげん)な表情で、私の足元を見つめながら、尋ねるのです。

「ほうきさんは何でギターに耳を添(そ)えてるのですか？」

私は視線を落としました。

そこには私のギターにぴったり寄り添うほうきさんの姿が一つ。

…………。

何でと言われましても。

ちらりと顔を見合わせたのちに、ほうきさんは語りました。

「あ、わたくしのことはお気になさらず」

そうですね。

「あんまり細かいことを気にしていると疲れちゃいますよ、アヴィリアさん」

「いやこれ細かいことなのですか？」

私は返事の代わりにギターさんをジャカジャカと鳴らしました。

『あああああああっ！　イイですわぁ！』

いつも通り忠実にギターさんの声を再現するほうきさん。私たちの調子は今日も絶好調ですね。

アヴィリアさんに「は？」みたいな表情をされながら私たちはただ、したり顔を浮かべていました。

「さ、それじゃあ本番に向けて頑張って練習しますよー」

私の掛け声にサヤさんたちは「おー」と呼応します。

「まともなのはわたしだけなのですか？」

こうして死んだ魚のような目をするアヴィリアさんと共に私たちの練習の日々が幕を開けました。

○

そうして二週間の日々はあっという間に過ぎていきました。

毎日のように私たちは顔を合わせて、息を合わせて、音も合わせる。たった数分間のために全身(ぜんしん)全霊(ぜんれい)をささげて練習したといってもいい過言ではありません。

そうして何げなく過ごしていた毎日に、ほんの少しの音が加わりました。

「不思議ですねえ」

練習の合間、サヤさんは一息つきながらぼんやりと口を開いておりました。

「どうかしたんですか」

と尋ねてみれば、サヤさんはこちらに視線を送りつつ、

「いやあ、いつもと同じような光景なのに、楽器が加わるだけでこんなにも違うんだなぁって思いまして」と答えます。

「………」

別に私たちは誰かに言われずとも、共通の目的をわざわざ見つけなくとも勝手に集まります。

私が視線を向けてみれば、休憩の合間に談笑(だんしょう)にふけるアヴィリアさん、ミナさん、それからほうきさんの姿がありました。

いつもそばにいる彼女たち。

ここにあるのは、私たちの日常。

いつもと同じようで、けれど少しだけ違う日常。

「来年もこういうことができたらいいわね」

私のそばでアムネシアさんがぽつりとこぼします。

「まだ終わってないですよ」

まだ本番前ですけど、と私は返します。

彼女は笑っていました。

「結果がどうなろうとも後悔はないもの」

別に失敗したらそれはそれで笑い話になるだろうし。成功したらいい思い出になることは間違いないし――などと。

そんな風に、笑っていました。

恥ずかしい思いをしないようになるべく頑張りたいものですけれども。

「そうですねえ」

結果がどうなろうとも、大人になった後でも。

私は今過ごしている穏やかな日々のことをきっと忘れないでしょう。

なんとなく、そんな予感がしていました。


迎えた本番当日。

壇上から見えたのは薄闇。響き渡る音はどこにもなく、静寂でした。

マイクの前に立てば抑えていた緊張が一気に胸の底から湧き上がります。正直に言えばたじろぎました。狼狽えました。けれど不思議と心地よさもありました。

後ろを振り向けば、いつも見かける顔がそこにはあったから。

再び前を向けば、すぐ近くで母と共にほうきさんが手を振っていたから。

「――今更ですが、一つ伺ってもよろしいですか、イレイナ様」

私の頭には練習の日々が蘇っていました。

ほうきさんが私の服の袖をつまんできたのは、本番前日のことでした。

「どうしました？」急に改まった様子の彼女に、私は首を傾げて返していました。

「実は今回の学園音楽祭のお話で気になっていたことが一つあるのですが」

「はあ」

「イレイナ様はどうして学園音楽祭に参加することを決めたのです？」

「本当に今更なことを聞きますね」

既に本番前日なのですけれども――と言葉を並べつつ、私は肩をすくめて言いました。「というより、その辺のお話はほうきさんも既にご存じのはずですけど」

「その上でずっと疑問だったのです」

穏やかな口調のまま彼女は言葉を続けます。「その気になればイレイナ様は学園音楽祭への参加を拒否することもできたはずでは？」

「？」

どういうことです？

小首を傾げて返す私に、彼女は淡々と語りました。

「最初にお話を知った時から疑問だったのですが――学園音楽祭への参加が決まっているというお話はあくまで最初はイレイナ様にのみ伝わっていたのですよね？　その気になればお話をイレイナ

様のところで止めておくこともできたのではないですか？」

何ならシーラ先生からお話を聞いた時に「いや私楽器できないんで無理ですけど」と拒否することだって可能だったのではないか。

などとほうきさんは私に質問を並べました。

「よく前日に聞こうと思いましたね」

もうほぼ一ヶ月くらい前の話なんですけど。

「それで実際のところ何故なのです？」

「………」

私は視線を逸らしながら答えます。「いや、もう随分と前のことなんで覚えてないんですけど……」

「では予想してもよろしいですか？」

くすりと笑うほうきさん。

その目は私の心中をすべて見透かしているかのようでした。

「ひょっとしてイレイナ様は、こんな日々を望んでいたのではありませんか？」

「………」

ほうきさんは私とよく似ています。

彼女に対してうそをついても、きっと簡単に見透かされてしまうことでしょう。

「そうかもしれないですね」

だから否定はしませんでした。

いつもの面々で集まって日常を過ごす。目的もなく集まっている私たちで、なにか一つ大きなことに挑戦してみる。

いつもの日々を、少しだけ変えてみる。

そんな風に過ごしてみるのも楽しいのではないかと思ったことは、確かに事実です。

「やっぱり」

むふん、と得意げな顔を見せるほうきさん。

彼女は尋ねます。

「それで、どうでしたか」

どうと言われましても。

私は苦笑しながら答えます。

「思った通りでしたよ」


壇上、眩（まばゆ）いスポットライトの中心で、ドラムのスティックがリズムを刻（きざ）みます。

そして私は歌いました。

ここにあるのは、私たちの日常。

いつもと同じようで、けれど少しだけ違う日常。

○

演奏は無事に終わりました。

壇上に立ったときの緊張も、光に照らされた時の熱も、歌い終わった後に浴びた歓声も、過ぎてしまえばまるでひとときの夢のよう。

片付けをしながら、私はさっきまで立っていたステージを見つめます。

学園音楽祭のために用意されていた機材の数々は既に解体されており、見慣れた体育館の一部へと戻りつつありました。

「それで、どうでしたか」

ちょん、と肩をつつかれ、振り返ってみればほうきさんの姿が一つ。

「どうと言われましても」

学園音楽祭前日に聞かれた質問を私は思い出していました。

ステージで歌った記憶はくっきりと脳裏に焼き付いています。思った通り、想像した通りの、ただただ楽しい数分間でした。

「……一応釘(くぎ)を刺しておきますけど、前日に私が言ってたこと、皆さんには言わないでくださいね?」

しーっ、と人差し指を口に当てる私でした。

どうせほうきさんには私の心中など簡単に悟られてしまいますし——その気になれば物から声を聞いて望んだ答えを引きずり出すことだって可能でしたからお話ししましたけれども、本来私は

素直（すなお）な人間とは対極（たいきょく）にいるべき存在なのです。

くれぐれもお願いしますよ、と言葉を重ねる私。

「さてどうしましょう？」

いたずらっぽく笑う彼女。

まあ何と意地悪そうな顔でしょう。

「ほっぺた引っ張りますよ」

むむと頰を膨らませる私。

学園音楽祭の運営さんが私に声をかけてきたのは、そんな風に朗らかなやりとりを私たちが交わしていた最中のことでした。

「あ、イレイナさん。そちらにいましたか」

いやあ探しましたよ、とこちらに手を上げながらやってくる女性が一人。

学園音楽祭の運営さんです。

「ああ、どうも」

運営さんと直接お顔を合わせたのはこれで二度目になります。

一度目は一ヶ月ほど前。

シーラ先生とお話をした直後――グループの代表として私が一人で打ち合わせをさせていただいた時のこと。その時に確か名刺（めいし）を渡されたような気がしますが、お名前の方は失礼ながら忘れてしまいました。

けれど多分向こうも私のことをよく覚えていないことでしょう。恐らく運営として何組ものバンドとやりとりをしたことでしょうし、忙しい身でしょうし。

「いやあ今回はお疲れ様でした、イレイナさん。とてもいいステージでしたよ！」

現に彼女が〝イレイナさん〟と呼びながら肩を叩いたお相手は、私とよく似たお顔の別人。

ほうきさんでした。

「え？　あの……？」

わかりやすく困惑(こんわく)する彼女。目を白黒させながら、私と運営さんを交互に見つめておりました。

しかし勘違いは止まりません。

「会場も大盛り上がりでしたよ。やっぱり現役女子高生がやるバンドは青春って感じがしていいですねえ」

「いえ、あの……わたくしはイレイナでは――」

「おっとすみません、与太話(よたばなし)が長くなってしまいました！　早速(さっそく)本題に入らせてもらいますね」

「本題？」

「あはは！　やだなぁイレイナさん。一ヶ月前の事前打ち合わせでお話しさせてもらったじゃないですかぁ。参加したバンドには謝礼が出るって」

「？？？？？？？？？？」

あ。

やば。

私の全身から汗がぶわりと湧きました。ステージの上に立ったときよりも割り増しで鼓動が早くなっておりました。

「謝礼……？」

ぐぐぐぐ、と壊れた人形のような挙動でこちらに顔を向けてくるほうきさん。

そんな彼女を〝イレイナさん〟と未だ勘違いしているおばかもとい運営さんは、「おっと！　忘れちゃうくらい熱中してたんですね！」と笑いながら封筒を懐から取り出しました。

「はいどうぞ！　現金です！」

「………」沈黙するほうきさん。

「いやあ、それにしても本当にいいステージでしたよ。一ヶ月前のこと覚えてますか？　イレイナさん『謝礼がないと絶対に参加しない』って言ってたじゃないですか」

「………」いやもう黙ってほしいんですけど。

「私、そのときは『この子本当に大丈夫かなぁ』って不安だったんですけど……、でも実際すごいものを見せてもらいました！　最高の演奏でしたよ、イレイナさん！」

「………」沈黙する私たち。

「それじゃ！　私はこれで。謝礼はぜひバンドのみんなで分けて使ってくださいね！」

あはははは！　と忙しそうかつ爽やかに走り去っていく運営さんもといおばか。

恐らく二度と会うことはないでしょう。

「これは一体どういうことですか？　イレイナ様」

「…………」

　というかお会いできる機会があるかどうかも定かではありませんでした。

　私の目の前には戦慄するほど優しそうな笑みを浮かべるほうきさんの姿がありました。札束が入った封筒を抱える彼女の姿はまるで「返答次第ではこいつの命がどうなるかわかるな？」と人質の命綱を握る悪党そのものであり、もはや今の私の生殺与奪の権は彼女が握っているといっても過言ではないでしょう。

「いやあ……これは、その……」

　何というか……ねえ？

「なんかいい感じの話で終わりそうだなぁと思っていたのですけれども、わたくしたちの知らないところで何してたんですかイレイナ様」

「何のことやらさっぱりわかりかねます……」

　目を逸らす私。

「ひょっとしてイレイナ様。謝礼目当てで今回の学園音楽祭に参加なさったんですか？」

「や、やだなぁ。そんなわけないじゃないですか。私ともあろうものがお金に釣られるなんて——」

「えい」

　きゅっ、と私の制服の袖をつまむほうきさん。

　物の声が聞こえるらしい彼女はそれから「どういうことですか制服さん」と私の胸元を睨み、かと思えば「ふむ……ふむ……」と頷き始めました。

とはいえ制服さんは常日頃から私と生活を共にしている盟友。

余計なことを喋るなんてことはありませんよね？

ほうきさんが顔を上げたのはその数秒後のことでした。

「イレイナ様。『運営さんと会ったことは絶対に話すなと念押しされた』と制服さんがおっしゃっているのですが」

「ちっ……」

喋りやがりましたか……。

「ちなみにこのことはサヤ様たちはご存じなのですか」

「しーっ」

「いや、しーっ、じゃないのですよイレイナ様」

「……一応釘を刺しておきますけど、このこと、皆さんには言わないでくださいね？」

「さっき語っていたいい感じのセリフをもじってもダメですよイレイナ様」

本来ならば静かに裏で謝礼を受け取ってお話を終えるところだったのですが……ほうきさんと私の外見が似ていることが災いしてしまったようですね。

致し方ありません。

「ほうきさん。二人で何か美味しい物でも食べませんか」

「わたくしを買収しようとしても無駄ですよ」

ぷい、と顔を背ける彼女でした。

しかし現時点で謝礼のことを知っているのはほうきさんのみ。

彼女の口さえ封じることができれば、利益は私の物――。

「イレイナさーん！　なんかいま、運営さんから謝礼がどうのこうのって言われたんですけどー？」

密かに悪い顔を浮かべていた私の背後から響くのはのほほんとしたサヤさんの声。

「げ」

振り返ったらバンドのメンバー全員がいました。

「ね。謝礼なんて初耳なんだけど？」

穏やかに首を傾げるアムネシアさん。

「どういうことなのか説明しろなのです」

そして頰を膨らませるアヴィリアさん。

「ひょっとして懐に収めようとしてたんじゃないの」

そして鋭い視線を私に向けるミナさん。

サヤさんとアムネシアさんはさほど気に留めていないようですけれども――妹のお二人からはあからさまに私を疑う雰囲気が溢れておりました。

「何とか言いなさいよ」

「返答次第では埋めるのです」

じろりと私を見つめるミナさんとアヴィリアさん。

そして前に向き直れば謝礼を手にしながらもにこりと笑っているほうきさんの姿が一つ。

いやはや風向きが悪いですね。

ところで斯様な状況に陥ったとき、どうすればいいのかご存じですか？

「…………」

私は知っています。

「あ、私ちょっと用事を思い出したのでこの辺りで失礼しますね」

くるりと回れ右したのちに、私はそのまま走り出しました。

都合が悪くなったら逃げればいいのです。

「待ちなさい」

「待つのです！」

彼女たちが遅れて走り出す気配を感じながらも、私は何事もなかったかのように走りました。

とはいえ私は実際のところ、少し安堵しているのです。

内に秘めていた気持ちが明るみに出るよりはましですから。

「……相変わらず素直ではありませんね、イレイナ様」

背後でほうきさんが嘆息する気配を感じて苦笑しながら、私は駆けています。

こうして私はいつもの日常へと帰っていくのです。

ここにあるのは、私たちの日常。

いつもと同じようで、けれど少しだけ違う日常。

あとがき

２０２２年頃に専業作家になって以来、僕は忙しい日々を送っていた。

兼業から作家業に専念することで自由な時間が増え、結果的に原稿に専念できる――専業作家に転向した当初はそんなふうに思っていた。

しかし不思議なことに、年が明け、２０２３年。『魔女の旅々』だけでなく、『祈りの国のリリエール』３巻、『ナナがやらかす五秒前』の刊行、そして『魔女の旅々 学園』（特装版）の執筆など諸々の業務からドラマCD作業など数えきれないほどの業務が波のように押し寄せ、結果として２０２３年の夏が終わるまで僕は兼業当初よりも仕事に追われる毎日を送ることとなった。

そうして迎えた8月のこと。

――疲れに疲れた僕の身体は闘争を求めた。

仕事をすれば休みを迎える。当然の権利である。僕は数世紀ぶりにＰＳ５の電源をつけ、朝から晩まで夜通し独立傭兵として仕事をこなした。仕事を休んで仕事するとはこれいかに。

とはいえ、もとより8月は某ゲームの発売日がある月ということもあって、以前から「２０２３年の8月は休みますからね！　絶対仕事しないですからね！」と担当編集氏にも言っていたこともあり、8月は基本的に仕事のない穏やかな日々だった。

某ゲームの発売日は8月末のことだったので、その日を迎えるまでにいろいろなことにチャレンジした。もとより今年の8月は新しいことに挑戦する月だと自身の中で捉えていたのだ。

ゲームの配信や動画編集もそのうちの一つ。実際にソフトに手で触れて動画を動かすことでたった2分の動画を作るためにどれだけの苦労があるのかを学ぶことができた。動画で表現できる「面白さ」は小説とはまた違った趣があり、自身の中で「面白さ」の解釈が広がってゆくのを感じた。

かねてからいろいろな本の後書きでちょこちょこ触れていたように僕は温泉が趣味だったため、車の購入にも踏み切った。

そして一週間後に事故った。

……………。

大事なことなのでもう一度改めて書きますね。

車を買ってから一週間後に事故りました。

はい。

いまこれを読んでいる皆さんはさぞ困惑していることでしょう。一から順を追って説明しますので、皆さんにおかれましてはワニが死にゆく様をカウントダウン形式で眺めるように穏やかな気持ちで見守っていてください。14行後に事故るラノベ作家。

それは8月某日のこと。

僕は久々に買ったマイカーで都内某所の温泉に日帰りで行った帰り道を辿っていた。時間帯は夜9時ほど。二車線の大通り。車の通りはさほど多くはない中、僕は左車線をのんびり走っていた。

買ったばかりだからか、小型中古車くんは当然ながら絶好調だった。まだ乗り慣れていないとはいえ、前職が車関係だったことも功を奏したのか、小型中古車くんが僕の身体にすんなりと馴染んでくれているのを感じていた。言葉にできない心地よさが運転する全身に伝わってくる。

信号で止まり、温泉への往来を共にしてくれた相棒のハンドルを優しく握る。

「これからよろしくな……相棒」

この温泉旅行は始まりに過ぎない。僕と小型中古車の冒険はこれからだ。これから先、僕はこの相棒に乗ってありとあらゆる場所を旅するのだ。

そう、まるでイレイナさんのように！

などと目をくわっとさせた頃に信号が青になった。

「じゃあ行くか、相棒！」

直後に後ろから思いっきり追突された。

「相棒おおおおおおおおおおおおおおお！」

心臓が飛び出るかと思った。『ごん！』と激しい音が鳴ったかと思うと僕の車が勝手に横断歩道まで飛び出ている。何が起こった？　何か踏んだのか？　でも僕発進してなかったじゃん。頭がパニックになる中、後ろの車のヘッドライトがめちゃくちゃ近いことに気づく。ああ追突されたのか……、と気づいたのは事故発生からとても長い数秒が流れた後のことだった。

すぐに近くにあったコンビニに車を停める。

車を降りてまず確認したのは相棒の損傷度合いだった。

後ろに回り込んだ直後に落胆した。
相棒のバックドアのあたりが思いっきり凹んでおり、すでに閉まらなくなっていた。運転席側にもそこそこ重い衝撃がきていたが、どうやら車もただでは済まなかったらしい。では相手側の車はどうなのだろう？　僕に遅れて駐車場に入ってきた相手側の車を見る。ゴリゴリのグリルガード（車の前面にある鉄パイプみたいなやつ。主にアウトドアで利用する車でたまに見られる）を装着したワンボックスだった。こんなん追突するために生まれてきたようなもんなので相手側の車は当然のようにピンピンしていた。

後ほど運転席から降りてきたのは30代半ばと思しき男性で、どこからどう見ても浮かれた格好からして恐らく友人同士で海に行ってきた帰りだろう。相手ドライバーとその友人たちの間には微妙な空気が流れていた。

事故後の処理はそれから滞りなく行われた。警察に通報し、その後立ち会いのもと事故の記録をとり、保険会社への連絡やお互いの連絡先の交換など諸々を済ませる。その日はそれで解散。コンビニで養生テープを買って、べりべりと巻きつけて家路につく。

たまに道を走っていて、「何でこの状態で走っとるん？」と思わせるくらい酷い外見の車が走っている様子を見たことないですか？　それ僕みたいな事故帰りの車です。

こうして一連の騒動が終わったあとに待っているのは保険会社とのやりとり。正直に申し上げるとかなり面倒臭い。とっとと終わらせたい気持ちを抱えながら、僕は相手保険会社からの連絡を待った。

相手保険会社（社名は伏せる）はかなりの大手。恐らく迅速に対応してくれるだろうとの期待のもと、僕は連絡を待った。

連絡が来たのは二日後だった。

二日後⁉⁉⁉⁉⁉

二日間何してたん？　と思いながら電話をとる僕。曰く、相手の車はレンタカーであり、ドライバー・レンタカー会社との連携がうまくいかずに時間がかかったのことだった。

まあいいやと思いながらも僕は事故後の処理を進める。事故後は首が結構な痛みに襲われたので、病院に通院したり諸々と面倒なことをこなしていった。電話で簡単な挨拶を終えたあとはメールでやり取りをすることとなった。停まっている僕の車に追突してきたので当然ながら損害の割合は10対0。こちらに非はない。保険会社が支払う慰謝料等を計算するためにこちらの確定申告の書類などを提出する。提示された慰謝料があまりにもあんまりな額だったので相談する僕。相手側からの返信が届く。

「じゃあここから先は弁護士を通してお話しさせていただきます」

「何で⁉⁉⁉⁉⁉」

なぜか究極奥義を先に出してくる相手側保険会社。

「僕も弁護士使えばよかったじゃん……」と思い至ったのはそのときだった。こちらの保険会社を通して僕は弁護士特約を用いて依頼することになった。

相手保険会社のあんまりにもあんまりな対応に僕は疲弊した。これが8月じゃなかったら僕は今頃、ストレス発散のために炎上している話題に対して「うちの業界では〜」と上から目線で講釈を垂れるSNS上でしか名前を見かけないご意見番ヅラしたモンスターの仲間入りをしていたかもしれない。

ちなみに相手側の保険会社の名前は伏せるが、2023年に話題になった某中古販売業者とセットでよくニュースで名前を見かける会社だったので、ある意味で事故対応のアレな感じには納得感しかなかった。

何はともあれ、こうしていろいろな経験を積み重ねていったことで、僕は物事の解釈を広げてゆくことになった。

続編が出ないと散々言われていた某レイヴンも今や2023年を代表するゲームのひとつ。動画編集に手を出してみれば小説で求めていたものとは別の「面白い」に触れることができ、そして事故に遭えば被害者側もめちゃくちゃ面倒臭い目に遭うことを知って安全運転により一層気をつけるようになった。

今年一年、専業として過ごすなかで、小説とはこうあるべきだ、物語とは、「面白い」とは、世の中とも向き合い方はこうあるべきだ、という形が僕の中で広がってゆくのを感じていた。

こうして次々と湧き出る新しい価値観に触れたことで、恐らく『魔女の旅々』シリーズ刊行当初だったら絶対にやろうと思わなかったであろう『魔女の旅々 学園』のシリーズ化にも踏み切ることとなったのです。

実際やってみたおかげで『魔女の旅々』のドラマCDでしかできなかった息抜き的なおふざけを

一巻丸々通して書くことができて個人的にはとても楽しかったです。続きが出るなら絶対にやりたいですね。『魔女の旅々 学園物語』もドラマCDにならないかなーと思いながらキャラのやり取りを延々と書いておりました。個人的にはルシェーラさんとプリシラさんはどうしても出したかったキャラだったので、一巻からの登場となりました。続きが出るなら他にも本編で登場したキャラたちが次々と出てくるような流れになればなー、と思っています。

再登場させたいキャラが多すぎる……。

ちなみに言うまでもないことだとは思いますが本作である『魔女の旅々 学園物語』はファンタジー作品である『魔女の旅々』とは別の世界の物語となっていますので、本編のようなシリアスな展開は基本的にはないですし、魔法も出てきません。一部魔法っぽい力によって生まれたキャラもいますが、これは何かそういう感じの不思議な力が働いて生まれたのだと思ってください。この作品においては深く考えることを忘れて、キャラたちと共にのんびりとした時間を穏やかに過ごしていただけたら嬉しいです。

それでは長々となりましたが、謝辞を！

ｎｅｃöｍ·ｉ先生。

特別版に引き続き、担当していただきありがとうございます！　カバーのイレイナさん含め、「魔女旅」で見知ったキャラたちの新しい一面を描いてもらうたびに白石は拝み倒すこととなりました。

ｎｅｃöｍ·ｉさんとお仕事をすることは作家として描いていた夢の一つであったので、まさか「魔女旅」シリーズで叶えられることになるとは思ってもいませんでした。人生何があるかわからないね……。

ミウラー様。

いつもありがとうございます！　この企画が始まったのも、シリーズ化となったのもすべてミウラーさんの発案があってのことなので本当に頭が上がりません。それはさておきドラマＣＤとかもやりたいですよね！　ね！　脚本ならいくらでも書きますので！

そして読者の皆様。

一冊丸々通して書かせてもらった『魔女の旅々』のおふざけに最後までお付き合いいただき、ありがとうございます！

本が売れない、ラノベは売れないと言われ続けている昨今でこのような変わり種に触れてもらえることが僕は何よりも嬉しいです。

今後も定期的にこういったおふざけ的なお話を展開できればと思いますので、もしよければこれからも本編含め、応援いただければ幸いです。

次巻があればぜひよろしくどうぞ！

それでは！

魔女の旅々 学園物語

2023年12月31日 初版第一刷発行

著者 白石定規
発行人 小川 淳
発行所 SBクリエイティブ株式会社
〒106-0032 東京都港区六本木2-4-5
03-5549-1201 03-5549-1167(編集

装丁 AFTERGLOW
印刷・製本 中央精版印刷株式会社

ISBN978-4-8156-2244-2
Printed in Japan

ファンレター、作品のご感想をお待ちしております。

〒106-0032 東京都港区六本木 2-4-5
SBクリエイティブ株式会社
GA文庫編集部 気付

「白石定規先生」係
「necömi 先生」係

本書に関するご意見・ご感想は
下のQRコードよりお寄せください。
※アクセスの際に発生する通信費等はご負担ください。